大魚讀品
BIG FISH BOOKS

让日常阅读成为砍向我们内心冰封大海的斧头。

即使以最微弱的光

[韩]崔恩荣 著　徐丽红 译

国文出版社
·北京·

图书在版编目（CIP）数据

即使以最微弱的光 /（韩）崔恩荣著 ；徐丽红译 .
北京 ：国文出版社，2025. -- ISBN 978-7-5125-1891-9（2025.12 重印）

Ⅰ. I312.645

中国国家版本馆 CIP 数据核字第 2025HW9757 号

北京市版权局著作权合同登记　图字 01-2025-2365 号

即使以最微弱的光

作　　者　[韩] 崔恩荣
译　　者　徐丽红
责任编辑　戴　婕
责任校对　崔　敏
出版发行　国文出版社
经　　销　全国新华书店
印　　刷　三河市中晟雅豪印务有限公司
开　　本　880 毫米 × 1230 毫米　32 开
　　　　　7.75 印张　167 千字
版　　次　2025 年 8 月第 1 版
　　　　　2025 年 12 月第 2 次印刷
书　　号　ISBN 978-7-5125-1891-9
定　　价　56.00 元

国文出版社
北京市朝阳区东土城路乙 9 号　邮编：100013
总编室：(010) 64270995　传真：(010) 64270995
销售热线：(010) 64271187
传真：(010) 64271187-800
E-mail：icpc@95777.sina.net

目 录

即使以
最微弱的
光

她的课从星期五下午三点三十分开始。

一头短发的她戴着角质框眼镜，乍看起来很稚嫩，不像讲师的样子。声音低沉而沙哑。英文系的专业课程全部用英语授课，她便用英语介绍课程。

“这节课的任务是用英语写随笔。”

她用带着浓重韩语腔的英语说道。我在座位上暗自揣测，教室里不乏英语说得像母语的学生，她用韩语腔浓重的英语授课该有多大的负担啊。她努力把话说得清楚，碰到要强调的部分就稍微提高嗓门儿。

我没有错过她说的每句话，全部能理解。

介绍完课程，她开始接受学生提问。英语流畅的学生率先提问。她认真倾听学生们说的话，不理解时就要求学生重复一遍，然后诚恳作答。因为是星期五下午的课，我尚未决定是否正式听课就去了教室，然而看到穿着黑白系的衣服，操着韩语腔浓重的英语一字一句表达想法的她，我有种隐隐约约的预感：等到答疑环节结束的时候，我会喜欢上她的课。

她说每节课都是先读她选定的英文随笔，然后提交一篇A4纸篇幅的随笔。必读书目很多，很多学生在修改申请期间就退课了，最后听课的学生只剩下十多人。

第一节课，我们读了乔治·奥威尔[1]在缅甸当警察时写的随笔。她一行一行地阅读并讲解。

怎么说呢，她课堂上的一切都让我满意。水泥的湿气经久不散的地下教室的阴冷气息，黑色普乐士[2]笔在千元[3]线圈笔记本上写字时的感觉，她低沉的声音在逼仄的教室里荡起的回声，这一切都让我心满意足。我也喜欢她挑选的随笔。独自阅读时不经意略过的句子，经她观点独特的解释，我的脑海里似乎亮起了灯。我也喜欢这样的瞬间。当我内心深处明明知道却无法用语言表达的东西变成语言的时候，我感到幸福。我静静地坐在那里，恍然大悟，原来这种幸福就是我长久找寻的情绪。偶尔，我会无缘无故地流泪。因为我曾经徘徊得太久了。

2009年的第二学期，也就是九年前，我二十七岁，是大三插班生。

很快就第四周了。那天是我来月经的第三天。我通常在经期的前两天血量较大，到第三天就很少出血了，第四天血量更少。

1 乔治·奥威尔（George Orwell，1903—1950），英国著名作家，代表作有《动物庄园》《一九八四》《缅甸岁月》等。——译注，以下同

2 指日本文具品牌PLUS。

3 本书中出现的“元”的单位均为韩元。

以前在银行工作，赶上事情太多的时候不能去卫生间，我就用棉条，然而在公共卫生间里处置棉条并不容易。痛经到需要吃药是常有的事，不过从来没有因为出血量而影响到我的生活。问题好像发生在插班时期。有时血会突然涌出来。我每次都很小心，况且那天是第三天，我以为只要在上课之前更换卫生巾就不会有大问题。

三个小时的课没有休息时间，而我穿着牛仔裤和短袖衫。课上到一半的时候，我感觉血渗到裤子外面了。我和别的学生分开，坐在最后面，所以无法求助别人，也没有外套遮住裤子，只能束手无策地熬过剩下的时间。屁股后面湿透了，凉飕飕的。下课了，我还在磨磨蹭蹭，其他学生都出去了，教室里只剩下我和她。我感到慌张和羞愧，却又怀着她肯定会帮我的信心叫住了她。

"老师。"

起先她没听见我的声音。我又喊了几遍，她才看向我这边。

"我……突然流了很多血……"

我示意自己无法起身。她朝我这边走过来，脱下自己的黑色夹克。

"先围上这个吧。"

我站起来，把她递过来的夹克围在腰上。站起来一看，木头椅子上也沾了血迹。她从包里拿出湿纸巾递给我。我用湿纸巾擦了几下椅子，然后用在学校门前收到的传单包起湿纸巾，塞进包里。我都没跟她说声谢谢。

"你家在哪里？"

她问我。

“二村洞[1]。”

“那先去我家换衣服吧。”

她看着我说，脸上露出了微笑。我记得那个瞬间的她无比亲切。

“步行十分钟，很快就到。”

我跟着她走到门外。从近处看，她比在教室的时候更显矮小了。

“今天是第三天，我疏忽了……下午还没事呢。”

“你叫熙媛是吧？”

“是的。”

“难免会有这种时候，不必太在意。我也曾这样过……”

去她家的路上，我们谈论着生理期遇到的尴尬。通过和她对话，我在教室里感觉到的混乱似乎渐渐消失了。然而为了更换沾血的裤子，去第一次说上话的老师家，也不能说毫无不便。快到她家的时候，她说了句出人意料的话。

“上周你交的随笔很有意思。”

我涨红了脸。她提到的随笔只是简略记叙了我在二十四岁到二十六岁之间在银行工作的感悟。

“所以……你重回大学了。”

说完，她停下来，看了看我。好像我们相识已久，好像我去银行之前就认识了。

“改变道路很难啊。你很酷。”

她的家在五层，很宽敞的一居室。单人床、三人皮沙发、衣柜、连着洗碗池的双人餐桌、大书桌，除此之外四周都是书。她

1 洞，韩国第二级行政区划基层单位。

从衣柜里拿出运动裤和尚未拆包装的内裤盒子。

“这是新内裤，按理说应该洗一洗，但没办法了。”

我不知所措地站在她面前，然后接过她递给我的东西，去了卫生间。

换完衣服出来，她往我这边看了看。“裤子有点儿短，不过这已经是我最长的裤子了。”说着还笑出了声。

“你喝茶吗？我有薄荷茶和路易波士茶，还有巧克力。”

我先是谢绝，可办完事就走似乎有点儿尴尬，于是我迟疑着走到餐桌旁，坐了下来。我们喝着烫得不能一饮而尽的路易波士茶，吃着从冰箱冷冻室里拿出来的又冰又硬的黑巧克力，慢慢地聊了起来。这时我才得知她已经拿到博士学位三年了，这是第一次负责专业课教学。

我也跟她说了自己在银行上班的事情，以及在银行工作期间遇到的各种各样的人。她的上身朝我这边倾斜，不时附和几句，或者问个问题。

“我常常感到疑惑。”

我说。

“什么？”

“人。那个人为什么会那样？我会自己思考这个问题。真的，为什么那样呢？接触多了，也会遇到我想私下里交谈的人。”

“好奇心很强啊。”

她笑着说道。她看着我，那样的表情将来还会看到几次，也是想起她时最先浮现在眼前的表情。她斜视着我，脸上带着坏坏的微笑，仿佛我是个有趣的人，又仿佛我是个搞笑的人。

我不是有趣的人，也不是搞笑的人。有人觉得我是非正式的银行职员，有人觉得我是需要减肥的小女孩，有人觉得我是处理工作的机器，有人觉得我是可以倾诉烦恼的对象，还有人觉得我是没有感情、没有思想、没有感觉、没有自己的语言也没有反抗能力的玩偶。我稀里糊涂地笑了笑，说我该回家了。

“老师，我把夹克洗干净后下周还给您。”

“不用了。不过你要是觉得这样心里舒服，那就这样吧。”

我收拾东西准备离开，她问道：

“你原来就住二村吗？”

“不是的。我原来住在安养，上高中时搬到龙山这边了。”

“原来是这样。”

第二天我才知道她为什么问这个问题。

那天晚上，我在网上搜索她的名字。我读了她的硕士论文和博士论文的节选，也确认了她的译作信息。我又发现了她署名出版的随笔集，那是在网络媒体连载的文章，2007年5月出版成书。网络书店已经售罄，第二天我去了光化门。

连续跑了两家书店都空手而归，直到在最后一家我才发现一本库存书。那本随笔集连张照片都没有，设计也很平淡。

结账之后乘上地铁，我开始阅读。我感觉不对劲，抬头看时地铁早就过了龙山站，已经到达永登浦了。我又乘坐反方向地铁回家，关上房门，黑暗中只开着台灯，埋头阅读那本书。犹如按下录音机的播放键，我在读书的时候竟然听见了她低沉而平静的声音。

随笔开始于她对自己翻译的书籍及其原作者的感悟，自然而然地过渡到她的自传故事。她不加修饰地讲述了自己的童年和那时的经历。

尽管文章最大限度地压抑着情绪，然而每当提到自己住过的地方，她的“声音”里还是情不自禁地流露出爱意。写到自己出生和长大，掰着手指也数不清搬过多少次家的龙山时就是这样。直到这时，我才明白她为什么问我从什么时候开始住在二村的。也许我们曾在龙山的某个地方擦肩而过。想到这里，我感觉她的文字更亲切了。在占据全书四分之一篇幅的长篇随笔中，她谈到了有关龙山住所的回忆。那篇文章就像用炭笔画出的巨幅画卷，一一描绘了她住过的场所的细节。

我借助她的眼睛看到了未曾见过的风景：年幼的她眼中无比高大的混凝土围墙，每次路过总会在身后追赶她的黄狗，她蹲在阳光明媚的墙角抚摸黄狗的脑袋。继续赶路时黄狗也跟在后面，担心它找不到家，她努力不回头，同时在街巷里大喊“别跟着我，别跟着我”。抬头看见小区的孩子们在楼顶跳皮筋，自己也想玩。还有贴在建筑物外面的钢琴培训班的招牌、施工现场、年幼的她的眼中突然从天而降的庞大建筑，以及她度过许多时光的地下电子游戏厅。

她“拼命”玩游戏，直到游戏厅老板塞给她钱让她不要继续玩了。“我擅长所有适合自己专心去做的事情。因为我知道只要埋头做事，时间就过得很快；时间过得快，我就能尽快逃离那个地方。”她这样写道。租书店和商厦三层的教会、龙山火车站和铁路、火车和地铁来往的声音、汉江、夜里看到的汉江铁桥、几个男人乘车进入“少儿不宜”的陋巷的样子、站在陋巷口打量那些笑着走过的男人、雨季过后弥漫街头的味道、电影院门口卖黄牛票的票贩子。她不厌其烦地描写这些场景，然后写道：“我想离开那个地方。”这个句子在同一篇随笔里反复出现了好几次。

有关英仁文库书店的故事出现在随笔的最后部分。她描写过的场所之中，那是我唯一知道而且经常光临的地方。我的眼前浮现出那家有很多英文图书的小型二手书店的风景。三面都是直逼天花板的书架，中间有长长的平台。架上的图书按主题摆放得整整齐齐，而平台上每天摆着不同的书。我喜欢浏览平台上未经分类的书，好几次都找到了我想要的书。

“我不知道为什么去了那里。”她这样写道。书店里有一把腿很细的餐桌椅，她坐在那儿读买来的书。当天读不完，第二天、第三天继续坐在那把椅子上读书。老板对她并不在意。我想起书店老板的样子。安静地坐在收银台前，丝毫不去关心来来往往的顾客。正是因为有这样的老板，我在书店里感觉很轻松。原来她在那家书店也有类似的经历，这个事实让我很高兴。

“那是我在龙山去过最远的地方。”她继续写道。读着平装本英语小说，她可以远离龙山，也远离自己的语言。“英语是与我无关的语言。这不是我和身边的人使用的语言，不会带给我伤害。”

复读的时候，她还在那儿打工。客人形形色色，其中也有不太懂韩语的外国人。有人说得不好，却努力地说韩语。有人飞快地说着带攻击性的英语，嘲笑听不懂英语的她。尽管如此，她还是在回忆中说当时遇到的客人大部分都是好人。

在收银台，她可以透过玄关门的玻璃窗看马路、行道树、汽车和人们奔波的情景。暮春时节，书店敞着玄关门营业，不过下大雨的时候必须关门。她说很长时间都还记得那些下雨的日子。闻到雨水荡涤灰尘的味道，听见雨点猛烈砸落，敲打着水泥地面、静止的车和行道树的声音，看着雨水涌出楼房排水管道的情景，雨点大到遮住了视野，每每这时她都会闻着充满整个书店的旧书的味道，如痴如醉地凝望着街道。这种时候，她会对街道和城市感到无可奈何的亲切。这感觉不再像以前那样令人讨厌。

她在那篇文章的结尾写道："我总是想离开那个地方，然而在我离开之前，我曾栖息过的地方全都先行离我而去了。我就这样，被迫离开了龙山。"

她的书里有着独特的纹理，迥异于我以前读过的随笔。在她的文字里，她既不是成功的人，也不是自由的人，更不是比世上其他人特别而突出的人。她只是把自己当成了他人。看他人的视线多种多样，看自己的视线却很冷淡，甚至无情。刚刚写完难以忘怀的悲惨瞬间，随后就写坐在超市前的塑料椅子上悠闲地吃斯克柳芭[1]的场面。无论本人是否有意，这样的结构反复出现还是让我心痛。因为我感觉那些痛苦而暴力的瞬间对她来说是平凡而常见的事，就像吃斯克柳芭的瞬间。

她好像并不在意读者的反应，原封不动地记录了自己作为人的弱点和缺点，以及有可能遭受世人谴责的原始的感情。甚至让人觉得"这个人是怎么回事"，无法产生好感。不，她好像期待这样的反应，没有丝毫的美化，只是赤裸裸地写了下来。我觉得

1　斯克柳芭（Screwbar）是韩国乐天公司出品的冰激凌品牌，口味丰富，深受年轻人喜爱。

自己不会写得这么坦率，将来也绝不会这样写自己。我认为她是个有勇气的人。另外我也断定，最好不要告诉她我读过这本书。

虽然规定讲师必须用英语授课，不过讨论时间可以完全使用韩语。在她的帮助下，我们在下周的课堂上分享了某位四年级学生写的随笔。

“这是我写的第三十四份自我介绍书。”在第一句之后，她平静地写下了原本不能写进自我介绍书的，或者虽然写在自我介绍书里却不是事实的内容。她讲到了生完孩子后辞职的大姐，还有担心到了三十五岁不会被继续雇用的做合同工的二姐。她说不知道自己的人生和两个姐姐会有什么不同。每次在面试场合看到公司领导全部是男性的时候，她都会感到窒息。“我的人生没有什么特别。如果有特别之处，那就不用写这样的自我介绍书了。”文章到此结束。

我喜欢那篇文章特有的粗糙而强烈的感觉，当然不是所有人都这样想。有人指出，文章的结论很模糊，也不知道想说什么。作者回答说，只是记录自己平时的想法，并没有刻意要写什么特别的主题。

“好像在隐晦地指责不稳定的工作问题和求职困难是社会歧视的结果。”

有人这样说道。作者摇了摇头。

“我只是写了我和我家人的事情，不过……”作者迟疑片刻，接着说道，“我并不认为我和姐姐们遇到的问题全都是我们的责任。如果有人这样认为，那是很遗憾的事，对于我和我的姐姐们来说。”

作者说完，有人继续提出意见：

“文中只提到过于极端的状况，容易被解读为强求对方同意自己的想法。”

作者点头表示同意，看起来并不是真心认可，只是希望时间快点儿过去。

“我……”我也情不自禁地说道，“我并不认为这篇文章的内容极端。我们也都知道，这不过是很普通的故事。我以前做临时工的公司也是这样。临时工大多是年轻女性，领导普遍是男性，如果说这不是歧视……”

没等我说完，另一名学生便打断我的话，说出自己的观点：

“重要的不是这些，而是劳动灵活性政策、新自由主义经济改革[1]。韩国在 1997 年……”

“你在说什么？”

讲师之前几乎从来没有打断过讨论，于是大家都看向她。

“我说问题在于……劳动灵活性政策。”

“不是，这之前你说的是什么？”

他惊慌失措，耳朵都涨红了，说自己不记得了。

“你说前面那位同学的意见不重要。你打断了别人的话。”

说到这里，她脸上的笑容消失了，紧盯着那名同学。

“我希望我的课堂上不再发生这种事。请你立刻向前面那位同学道歉。”

1　1997 年，亚洲金融危机之后，韩国经济陷入困境，后在美国和国际货币基金组织的指导下进行新自由主义经济改革。这次改革帮助韩国走出了金融危机，也给经济发展造成了一定的隐患。

他满脸通红地向我道歉。我也同样不知所措。他打断我说话的时候，他对我的发言做出负面评价的时候，我只是稍微觉得尴尬，并没有什么特别的情绪。有人打断我说话，有人认为我的意见不重要，这对我来说都已经习惯了。

她告诉他不要把自己的话只当成和别人无关的个人的私事，然后继续上课。下课后，学生们都离开了教室，我朝她走了过去。

“上周的事情，谢谢您。”

说完，我递上装有洗过的夹克和运动裤的纸袋。她接过袋子，扶了扶眼镜，看着我。

“刚才我是不是很过分？”

我不想让她认为我是个软弱而愚蠢的人。我想告诉她，我不会像今天这样任由别人欺负。哪怕说谎，我也想给她留下好印象。

“刚才，我也想说点儿什么。”

听了我的话，她笑了。

“直接回家吗？”

我说是的。她说今天有事要去龙山站，问我可不可以一块儿走。

我毫不犹豫地说好，那就一块儿走吧。和她同行有点儿兴奋，也很尴尬，不过我还是装出无所谓的样子。我不希望她用看待年轻学生的眼光看我。为了掩饰混杂着憧憬、好奇和尴尬的心情，我努力在说话的时候直视她的眼睛。

我们并肩走到郊区公交车站，上了车。我在公交车上多次感谢她上周帮我的事。如果没有她，我会很难堪。

“如果熙媛你是我，会怎么做？”

她问道，然后看着我。

“如果换成熙媛你，也会这样做，所以不要总是说谢谢。不要总是说谢谢啊、对不起啊什么的，熙媛。”

我默默地跟着她下了车。走向地铁站的时候，周围渐渐黑了下来。

“您去龙山有什么事吗？”

我问。

“嗯，那边有朋友，约好要见面。”

“您有朋友住在龙山啊？”

我假装没读过她的文章，像什么也不知道似的问道。

“啊，我以前也住在龙山。我在那里出生，读研究生之前一直住在那里。”

她平淡地说起那时的事。奇怪的是，我们并排站在地铁里，听着她说话，我的心情变得平静了。我也说起自己生活过的龙山，自从去年冬天发生了那件事之后，我就不再往那边走了，而是乘公交车避开，不过我对家人都没说过自己的想法。

“步行二十分钟的距离。我家，就在那栋楼里。”

说完，我努力地笑了笑。爸爸说，房东让搬就搬吧，在市中心撒什么野。妈妈说，那些人怎么样跟我有什么关系？我养家糊口都忙不过来。哥哥跟妈妈说了几句什么。出生的时候贫穷不是罪过，可穷到死就是自己的罪过了。我什么话都没说，可是我走路的时候、睡觉之前都曾独自哭泣。

她和我的对话过渡到那天早晨我们做了什么。我说因为前一天喝了酒，早晨一直躺着睡觉。她说自己在写小论文。我们很长时间都没再说什么。她转移话题，询问我可能知道的地方。我回答去过，或者还没去过。我猜她仍在回想那天的事。尽管她极力表现得明朗，声音却很低沉，明明在笑，看起来却又不像是笑。我看着她的脸，充分理解了发生这种事的时候，只是坐在书桌前写论文也足以让人心灵受伤。“袒露心事的过程中我很痛苦，我很受伤”，我却连说这句话的资格都没有。可是，受伤的事实却又真真切切地留在我的心里。

地铁正在穿过汉江。黑色的天空和黑色的江水成为背景，车窗映出我们的面孔。高个子、大骨架的我，紧贴着矮我一头、相对瘦小的她。那么瘦小、那么纤弱的人，在那时的我看来却比任何人都要强大。我也想像她那样。我想成为像她那样强大的人。我转头看她。看见她背着单肩包，凝视窗外的样子，我莫名地感到悲伤和思念。

因为是互相阅读随笔展开讨论的课程，所以和她讲课的时间相比，学生讲话的时间占了更大的比重。自从那节课之后，禁止打断对方说话和无视对方意见就成了必须遵守的规则。有的学生想要独占对话时间，她也会介入。尽管这样，还是有人在她无法涉足的部分暗暗地不尊重对方。他们喜欢使用“你知道吧”的终结词尾，仿佛确信对方肯定不知道这个知识。

有时，他们也会这样跟她说话。每当这时，她的脸上会露出意味深长的笑容。弗吉尼亚·伍尔夫[1]去世于 1939 年，你知道吧？有人这样说的时候，她会意味深长地看着对方，纠正说，不

1　弗吉尼亚·伍尔夫（Virginia Woolf，1882—1941），英国著名女作家，被誉为 20 世纪现代主义与女性主义的先锋，代表作有《一间自己的房间》《到灯塔去》等。

对，是 1941 年。她写过有关弗吉尼亚·伍尔夫的论文，他们却仍然下意识地相信自己可以教她。他们在正式教授或男性讲师的课上绝对不会这样说话，这点我也很清楚。她从未指责过他们的无礼，仿佛根本不值得。

学期快结束的时候，我也发表了随笔。题目是“通勤”，写的是我在银行上班时徒步走过的通勤路。我尽可能减少想法和判断，描写自己在通勤路上的亲眼所见、感受到的声音和气味。我描写街上的风景怎样随着光线、季节以及我的心态变化而变化。我描写外墙贴着正方形瓷砖的建筑、早晨和傍晚垂下卷帘门的五金商店、门前按种类摆放花盆的韩食屋、公交车站旁的小型彩票站等风景。我在文章的后半部分提到了那条街上消失的事物。空荡荡的建筑物、空荡荡的商铺，人都去了哪里？这是我唯一感到疑惑的地方。“人都去了哪里？”这句话我反复写了好几遍。

发表结束，有的学生指出文章结构和语法方面的错误。有的学生认为，外部描写过于具体，导致可读性下降，读来索然无味。还有几名学生提到了文章的优点。发表即将顺利完成的时候，有位平时不怎么说话的学生开口了：

“这篇文章没有提出任何主张，里面表达的观点却比任何文章都更明确。那就是对城市开发的负面描述。”

另一名学生补充了自己的意见：

“我也这么认为。‘人都去了哪里？’这句话反复出现，感觉开发是对杀人的隐喻。这里写的是什么地方？”

“龙山。”

我回答说。良久，沉默在教室里流淌。几名学生提起当时的事，也提到那件事[1]带来的冲击。“牺牲者”，这个字眼出现的时候，最先提出问题的学生再次开口说道：

“正如很多媒体说的那样，这个事件中不存在单方面的受害者。问题在于暴力示威。”

话音刚落，坐在对面的学生立刻反驳道：

“你看的是什么媒体？海外报道看了吗？这种情况应该出动特警队加拆迁队吗？你说示威队是暴力者？甩下区区两千五百万元就让人家搬走，那些人就应该不做任何反抗地被拖走吗？你真的这么认为？这种程度的残忍也是正确的吗？”

直到现在我还记得那个人说话时的面孔。他大声地把反抗说成反抗、把残忍说成残忍的时候，我的心也在颤抖。看着有人活生生地说出我的情绪和想法，我的孤独感减弱了，同时也让我敢于正视自己从来不敢也不曾正视过的卑怯。

“大家好像太激动了。作者的文章并不是直接描述那个事件。毕竟，作者并不偏激，似乎写得也很有分寸。”

有人这样说的时候，我表面若无其事，实则很惭愧。因为我也知道，我在写这篇文章的时候就想到了别人会怎么看。当我如实写下我想说的话、我想表达的想法和感受的时候，我也害怕会被批评过于感伤、观点偏激，于是选择了安全的写法。我做不到更勇敢。

“我不是说作者的文章是这样，不过嘛……”

她开口了。她说，这只是告诉别人对某件事没有自己的见

1　2009年1月20日，韩国警方在首都首尔龙山开发区驱赶示威拆迁户的过程中，双方发生冲突，引发大火并造成多人伤亡。

解，这件事和自己无关罢了。那只是漠不关心，往难听了说就是对既得利益的主动顺从罢了，而写作是与不加怀疑的顺从主义相反的行为。听着她的话，我抬不起头来。顺从主义，主动顺从。听了这些话，我比任何人都更清楚，我的文章、我对人生的态度不够自由。“我不是说作者的文章是这样”，这句话只是对我的照顾，不想让我感到受侮辱。我猜测她的心里肯定另有判断。我记得当时萦绕在教室里的怪异热气，我也记得对她的发言的支持和明显的反感相混合的空气。那个学期，她的课上始终萦绕着这样的紧张感。

事情过了一个多月，那天不是星期五。日暮时分，我走向站台坐地铁的时候，和她偶然相遇了。她穿着从没在课堂上穿过的蓝色连帽衫和白色运动鞋。我想假装没看见，不过她认出了我，于是我们一起上了地铁。自从上次发表随笔之后，我没有和她单独说过话，多少有些尴尬和紧张，不过闲聊了几句，慢慢地就放松了。我想知道她对我的文章的真实看法，但我没有表达出来，只是说些毫无意义的空话。

地铁上出现了空座，我让她坐下，自己站到她面前。她把单肩包和书放在膝盖上。那是石黑一雄[1]的《别让我走》。我在银行上班的时候，曾经在英仁文库买过这本书。我欣喜地说我也读过这本书，很有趣。

她说快读完了。关于这本书我们聊了很多。关于人物性格，

1　石黑一雄（Kazuo Ishiguro，1954—　），著名日裔英国小说家，曾获得2017年诺贝尔文学奖。

关于那个名叫黑尔舍姆的空间。我很高兴能和她聊书。我跟她说，叙述者凯茜不知道自己度过全部童年时光的寄宿学校黑尔舍姆的位置，这让我很惊讶。凯茜开着车转来转去，猜测那里是不是黑尔舍姆，发现不是之后就陷入绝望，这个场景让我感到心痛。送走所有人，孤零零地留在世界上的凯茜找不到黑尔舍姆，决定不再寻找，这个情节太令人悲伤了。

她回答说，克隆人凯茜在临死前试图回忆黑尔舍姆的情节很美。凯茜似乎在通过记得黑尔舍姆的行为来证明自己的朋友露丝和汤米的灵魂，甚至自己灵魂的存在。所以说，黑尔舍姆不是场所，可能是凯茜本人，也可能是露丝，或是汤米。直到现在我还记得她跟我说过的话，记忆本身就是证明所爱之人灵魂和自己灵魂存在的行为。

我犹豫片刻，说道：

"我……看过老师写的书。"

"出版社倒闭了，书却出版出来了。"

说完，她流露出从未有过的调皮表情，笑了笑。

"我也没有那本书，都送人了。"

"我很幸运。"

"是啊。"

"我读了您写的英仁文库。这本书也是在英仁文库买的。"

"是吗？"

"是的。"

"那本书出版之前还在，我是说英仁文库。"

"您还有老板的消息吗？"

“没了。”

说完，她默默地低头看了看封面。

我跟她说了我在英仁文库度过的时光。虽说是书店，可是关门很晚，下班之后我也会去转转，偶尔坐在书店的椅子上打瞌睡。老板很淡然，从不干涉客人。也许是这个缘故吧，我经常去那儿。老板经常坐在收银台前，通过放在书店角落的小电视看日日剧[1]。当我说起这段记忆的时候，她笑出了声。

“上次课上我也说过吧。”她说，“有人说熙媛的文章不偏激，很喜欢，当时我说了那些话。”

她用双手摸着书，继续说道：

“我想说的是因为不偏激而喜欢这个观点本身。我并不认为熙媛的文章没有自己的立场，而是那个人读错了。我这样说是怕你误会。”

她对我之前提交的随笔做出了好评。她说有的文章是明确表达自己的想法，有的文章则是退开一步凝视，我们不能明确地说哪种方式更好。她不动声色地对我说，不能受制于别人的话语而失去自己的声音。她像是自言自语地说，先选定一篇文章，然后让学生们一同讨论它的不足之处，也不知道这样的上课方式有没有用。我注视着她在说话时摩挲书角的纤长手指。

再次上课的时候，她跟学生们提出期末考试期间去看电影。她说自己不点名了，想看的就直接来。到了电影院门前才发现，

1 韩国电视剧的一种剧种，从周一到周五每天播放，每集大约30分钟。

包括她在内共有六个人。我们并排坐在放映厅的中间看电影。走出电影院，黑暗的街头闪烁着路边摊的灯光，还有烤栗子和烤鱿鱼的味道。我们跟随她去了电影院附近的鸡排店。赶上年底，又是临近圣诞节的周五之夜，我们在等座位的时候分享电影观后感。

我记得那个洋溢着淡淡友情的夜晚，大家仿佛共享了整个学期的上课感受。尽管表面没人说，然而他们应该也和我一样觉得遇到了这样一位启迪我们心智的年轻女教师很幸运，我们一起度过了快乐的时光。她收起课堂上的认真表情，自然而然地参与了我们的对话。

我们挨得很近，共享鸡排和炒饭。我们没有喝酒，心情舒畅，很自然地互相询问、互相回答。我们也聊起了未来。有人想去银行工作，有人想去出版社，有人想去外企，我们相互鼓励。她也积极回应，仿佛在为我们加油。

“姐姐是不是在银行上过班啊？”

那名想去银行的同学问我。我谈了银行工作的优点和缺点。

“为什么辞职了？”

我说我想复读，可是没成功，根据成绩分配的专业又不合适。所以，尽管很痛苦，也不得不像被驱赶似的上班了。

“你为什么没去别的地方，反而又回到大学了呢？”

那名同学又问我。坐在那名同学旁边的她似乎也很好奇，注视着我。我们单独聊过几次，然而她从来没问过这个问题。

“我想读研究生。”

听了我的回答后，我看见她脸上的笑容消失了。

“想了很久吗？”

她很认真地问我。

“是的。”

说完后的短暂瞬间，我期待她对我的话做出积极的回应。

“这种事不用着急定的，熙媛。”她犹豫片刻，又说，“除了研究生院，别的地方也可以学习啊，熙媛也知道吧。”

我不知道自己当时是什么表情。不过听了她的话，我沉默了很长时间。别的学生分明也感觉不舒服。我无法掩饰自己的慌张。当时我想，她肯定觉得我是个学习能力不足的人。别人对我的未来说出悲观的话都无所谓，然而她是我想要学习的领域的老师，也是前辈，从她口中说出这样的话让我很悲伤。她鼓励其他学生的梦想，为什么偏偏怀疑我呢？我假装不知道自己情绪低落，始终端坐不动，努力装作若无其事的样子。可是，我好像还做不到随心所欲地掩饰情绪。

出了鸡排店，我们各自散开了。我想走一走，就说要去市厅站方向。她说她也要去那边，便走到我身旁。我们走在人头攒动的钟路街头。面食味、油炸味混合的冬夜气息扑鼻而来。我们默默无语地走路，不知不觉走到了普信阁[1]前。

她问我有没有时间。我不想让她发现我因为她刚才说过的话受伤，于是泰然自若地笑着说有时间。我们穿过马路，走进咖啡厅。咖啡厅里坐满了人，吵吵嚷嚷，说是酒吧都有人相信。我们在仅剩的空桌前坐下了。

---

1 位于韩国首尔钟路区的一座著名古建筑，又名钟阁。

"熙媛，刚才我……"她稍作迟疑，又说道，"你知道我也是很晚才去的研究生院。书里写了。"

"是的。"

她盯着我看了一会儿，说道：

"站在熙媛的角度，现在不论我说什么，你都很难接受。那就去吧，感觉不对就马上出来。"

"我……没有太大的幻想。毕竟不是二十岁出头的年纪，再说也上过班。"

我不想让她觉得我是不谙世事的天真之人，于是努力证明自己不是那样的人。

"是的，是的，熙媛。"

她似乎理解了我的心情，看着我淡淡地笑了。为了转移话题，我说起在她的课上受到了多么大的影响。

"我的课应该不轻松吧。"

说完，她调皮地笑了，似乎在说，你应该知道我的意思。那个瞬间，不知道为什么，我忽然有种欲望，很想说说那些顶嘴的学生。

"他们对老师太过分了。没礼貌的家伙们，如果老师不是年轻女教师，他们也不会那样。"

"也许吧。"

她淡淡地笑着，含糊地说道。

"如果老师是正教授，他们也不会这样。"

说到这里，我注意到她的脸上浮现出某种未加掩饰的情绪。我不应该用这种方式刺激她的自尊心。刚刚说完，我立刻就意识到了。

她盯着桌子，好几次变换姿势。她沉默，仿佛忘记了我在面前。她似乎在认真思考我的话。过了很长时间，她抬起头来看着我。

“你真的这么想吗？”

她小声问道。我点了点头。

“如果让您不开心，我道歉。”

“不是的，我只是……”她迟疑着说道，“我只是希望熙媛不要以这种方式看待将来会遇到的事情。”

她的话像是忠告，让我不要带着自卑情结或受害意识。在我听来却是责怪，这样的想法多么愚蠢、多么幼稚，你为什么不知道。我想争辩说我不是那样的小孩子，然而我不知道怎么说，只是乖乖地点了点头，仿佛自己并未因为她的话而受打击。

喝完一杯茶，我们就出来了。我们走在冷飕飕的街头，她在公交车站前停下了脚步。

“我从这里走。”

她说。

“我看着您走。”

我站在她身旁，看着她从包里拿出钱包。她拿出钱包，看了看我，说道：

“刚才熙媛说，因为我是女讲师才会这样。”

“是的。”

“我也不是不知道，我只是……”

说到这里，她顿了顿，长长地吐了口气，白色的哈气散入冷空气中。她等的公交车到站了。

我常常想象那时她想说的是什么——我也不是不知道，我只是希望熙媛不要感受到即使抱怨世界也无法消除的委屈；我也不是不知道，我只是希望熙媛不要理会那些因为你是年轻女人而冒犯你的人；我也不是不知道，我只是希望熙媛能够推开受伤的原因，不再折磨自己。

随着时间的流逝，我觉得后面那句话是什么已经不再重要。无论那句话是什么，她只是希望我拥有比她更好的经历，不再遭遇她经历过的事。我觉得这是她的自尊，也是她的力量。不抱怨自己的条件，认清自己遭遇的不公却不想承认。也许正是这样的心态守护着她。尽管我不能认同这种心态，但是我可以理解。

读研究生的时候，写论文的时候，我常常想起她。开始讲课以后，我想得更加频繁。我比较她的课堂和我的课堂，更加切近地感受到她在那个位置上体验过的情绪。九年前的某一天，我跟她说了因为她是女讲师而必然遭受的冒犯。仿佛那些事离我很远，与我无关。

乘坐郊外巴士去上课，回来后强忍疲惫翻开书的时候，读着讲师评价书，得知有人觉得我是令人无法忍受的糟糕讲师的时候，因为情绪化对待无礼的学生而后悔的时候，困在规定好的课程里连自己都感觉枯燥的时候，课堂越来越形式化的时候，为了成果而不得不写论文的时候，担任学会干事天天给教授们打电话、发邮件的时候，为了不让自己崩溃——不，为了不让别人看出我崩溃而努力的时候，直到回家打开玄关门之前都强忍着不哭的时候，我很想问问不知身在何处的她，是怎样熬过那些时候的，她现在过得好不好。

从某个瞬间开始，我再也找不到以她的名义发表的文章或译作了。在九年前的我看来，比任何人都聪明、都强大的她，现在却没能扎根在某个地方，而成了与文章、学习无关的人，这样的事实有时会将我冻僵。我能继续前行吗？我会消失吗？像那些没有留下痕迹便已离开，或者即将离开的人那样消失？面对这样的问题，我不能完全肯定，也不能完全否定。我不记得自己有过不焦虑的时刻。

直到现在，我仍然记得她在文章里下决心成为读书人的瞬间。“下班后坐在书桌前，在书上画着线整理思绪的时候，仿佛围着透明的披风”，她这样写道。“感觉自己从世界上消失了，”她写道，“总是感觉自己与早已离开世界的人们在脑海里描绘的世界更近，而不是自己生活的世界。”她说每当这时，总感觉有光照进裂开的伤口，借助这道光，她能看到很多东西。“我想继续走下去”，她这样写道。我在她的文字下面画线，感觉她的语言解释了我的心。

我也是，只想继续走下去罢了。

也许那时的我很想茫然地追随着她。也许我希望有个和我相似的人提着灯笼走在前面，至少告诉我脚不会踩空。也许我想追随的是不知道要去哪里，但至少能告诉我不会消失，可以继续前行的光。我希望从她身上看到这道光，而不是别人。那道光消失之后，我还在摸索，猜测自己走到了哪里，将要去往何方。我走到她到过的地方了吗？尚未抵达吗？

我这样想的时候，曾经那么急切地驱赶人和摧毁建筑的地方变成了空地。我从大龄大学生变成研究生，变成课时讲师[1]的时候，曾经是闪光的年轻讲师的她成了我再也找不到的人，而那个地方依然是空地。如今我不再回避那个地方了。那么急切而残忍地摧毁建筑物、驱赶人们的心，哪儿也没去，依然留在原地。我注视着这样的事实。

老师。

有一天走在下班路上，我在心里呼唤她，长长地吐了口气。我呼出的气变成白色水蒸气，消散在空中。那时我知道了，我正处于冬天的中心。因为冬天是唯一能用眼睛看见自己呼吸的季节。曾经忍住想要对我说的话，长长地吐气的她，仿佛浮现在我眼前。

为了不让她的样子消散，我在黑暗中轻轻地闭上眼睛。

1 每周仅在规定的时间授课，并按课时领取报酬的非全职教师。

回信

1

很久没有提笔给你写信了。

真的要写了，却又不知道该从何说起。

我像你这么大的时候，每天都要写一两页日记才能睡觉。随着年龄增长，日记写得越来越短了，最近只是简单记录了当天吃了什么食物，遇见了什么样的客人之类的事情。我只是写下了今天和昨天不一样、和明天也不一样的证据。如果不做记录，我担心每天都一模一样的日子最后结成了一团疙瘩，突然就消失了。好像从坐牢那会儿就有了这个想法。那时我比以往任何时候写的东西都多。

你在哪里？现在过得怎么样？偶尔我会对你不舍，然而想到你在可以彻底忘记我的年纪和我分手，也算是万幸了。在即使受了伤也能很快恢复，可以彻底忘却生命中的全部时间的年纪，你离我而去了。

我完全不记得四岁时离开我妈妈的事。只是通过姐姐的话，猜测到妈妈是什么样的人，我们和妈妈度过了怎样的时光。小时候，姐姐盼望和妈妈重逢。她的期待反反复复地受挫又受挫，直到所剩无几，姐姐再说起妈妈的时候，仿佛那是个从来就不曾存在过的人。姐姐说关于妈妈，她什么都不记得了。那是我第一次听出别人在说谎。每次听到姐姐说这种谎话，我都会感到心痛，可是与此同时，坦率地说，我也羡慕对妈妈怀有记忆的姐姐，羡慕和妈妈在一起的时间比我多三年的姐姐。

很长时间里，我都恨抛下我们独自离去的妈妈。有时我还咒骂她是不知廉耻、不要脸、没有良心的邪恶之人。那时将全部问题归咎于妈妈，似乎那才是我最合理的承受人生的方法。我用这个理由可以轻松解释人生中的很多问题。

在监狱里，我对妈妈的憎恨也没有减少。这种感觉让我痛苦了很长时间。时间在流逝，当我比妈妈离开我们时的年龄还大的时候，我才把妈妈当成人而不是妈妈来看。离开我们的时候，妈妈只有二十七岁。也许她想要另外的生活，想要安全。

现在，我像看待比自己小很多的女孩子似的看待我心里的妈妈：稚嫩、悲伤、孤独，没有人给她力量，没有人站在她这边的小小的人。

妈妈离开后，我们在姑奶奶身边长大。爸爸辗转全国各地工作，短则几天，长则一年不在家。姐姐和我都喜欢爸爸。虽然没有直接表达过爱意，可我们围着爸爸做游戏、开玩笑，观察爸爸有没有听我们说话，有没有看我们。我们似乎是希望爸爸把我们当成有趣的孩子、可爱的孩子。哪怕只是表现出小小的关注，我们也会很开心。我们故意笑得很夸张，假装玩得津津有味，同时用眼角的余光偷偷地瞥爸爸，看他有什么反应。偶尔爸爸嘿嘿一笑，我们的心仿佛都圆溜溜地膨胀起来。

听姑奶奶说，姐姐长得像爸爸，而我像妈妈。谁都能看出姐姐是爸爸的女儿，五官很像，简直就像是长着爸爸的面孔的小女孩。姐姐和我玩耍，假装不在意爸爸的时候，我能感觉到姐姐希望自己在爸爸面前展现出什么样的形象。她希望爸爸觉得她是很会陪妹妹玩耍、明朗、爱笑的孩子，希望爸爸喜欢自己。

爸爸对姐姐和我冷漠得很公平，因为他对我们没什么感情。尽管如此，姐姐还是经常说爸爸对我偏心。我不是不理解姐姐为什么会有这种想法，因为爸爸只给姐姐带去了伤害。

有一天，姐姐模仿歌手唱歌。我知道姐姐是想吸引爸爸的注意。我静静地听姐姐唱歌，爸爸却说浅薄，从哪儿听来这么浅薄的歌曲的？那时姐姐只有十岁。我不知道浅薄是什么意思，姐姐应该也不是很清楚。然而通过爸爸的声音和表情，我们在心里理解了那个词的含义。

我又想起那天玩韩国小姐大赛游戏的事。我们抬着脚后跟，双手叉在腰间，给对方戴上纸做的王冠。当时爸爸喊了姐姐的名字，语气很愤怒。爸爸指着姐姐说：

“你知道你在做什么吗？不知道羞耻吗？你想当那种高级妓女吗？”

我记得姐姐听见这句话立刻涨红了脸。姐姐知道“妓女”这个词吗？哪怕不知道字典解释的含义，姐姐心里也能明白那句话的意思。

那时我才八岁，却已经听过这个词了。有一次，我和姑奶奶从浴池回来，看见街巷里有抽烟的年轻女人。那是我第一次见到年轻女人抽烟，不由得看呆了。姑奶奶让我转过头，说只有妓女才抽烟。

碰上不懂的词语我会刨根问底，然而那时的我本能地觉得自己不能问这个词是什么意思。我不想知道姑奶奶说这句话时，那种陌生而恐惧的感觉来自哪里。尽管“妓女”这个词离我很远，事实上却与我有关，这样的想法在脑海里始终挥之不去。后来当爸爸问姐姐是不是想当高级妓女的时候，我感觉这个词离我更近了。我的存在也和这个词有了联系，这让我感到不适和不快。很久以后，我知道这种情绪叫作羞耻心。

是啊，爸爸就以这种方式特意指责姐姐，给了她伤害。当然，我也不是没受伤害。因为我从来没把自己和姐姐分开来看。爸爸这样惩罚姐姐的时候，我感觉自己也受到了惩罚。因为姐姐不是一个人，而是我们二人的代表。

我还记得爸爸看姐姐的眼神，满是看不惯。偶尔他会怪怪地笑，每当这时我都感觉有人拿着薄薄的刀片剥掉了我心灵的外壳。顾名思义，那该是多么疼痛。尽管这样，我和姐姐在很长时间里还是相信，只要我们改变，爸爸的态度也会发生变化。所以我们在爸爸面前察言观色，努力博取他的好感。

姑奶奶说没有像爸爸这样的人。还说他为了我们辗转全国各地去赚钱，即使我们惹是生非也绝不会动手。应该挨打的时候却没挨打，我们应该心存感激。小时候我真的这样想，认为爸爸也在极力给我们最多的慈爱。

从某个瞬间开始，我们不再努力得到爸爸的关注了。因为我们终于知道，反正努力也没用，只会让自己受伤。即使正在吵架，看到爸爸回家，我们也会马上闭嘴。我们小心翼翼，如履薄冰。

现在我很清楚，我们是爸爸心不甘情不愿的负担。当我不能承认这个事实的时候，甚至在承认这个事实之后，我好像更在意别人想要我做什么，而不是自己想要什么。我连自己喜欢什么都不知道，却在千方百计地成为别人喜欢的人。也许是因为从小时候开始，长期感受着别人对我的负面反应，我有种奇怪的想法，那就是我不可能博得别人的好感，只会让人看不起。越是这样，我就越是努力迎合别人，每次都为怎样做才能让别人喜欢而苦恼。于是我连自己喜欢什么、讨厌什么都不知道，被别人牵着鼻子走，为了满足别人的欲望而忽略自己的欲望。那时，我最大的恐惧就是别人对我失望。我绝对，绝对不想成为任何人的负担。

姐姐上高中后，每天放学都去比萨店打工。比萨店位于繁华的街道，距离姐姐的学校有二十分钟车程。偶尔，我会远远地偷看姐姐身穿白衬衫和黑裙子工作的样子。姐姐露出灿烂的笑容，和别的兼职生聊天。姐姐给客人递菜单，让客人点餐的样子也很开朗。在我眼里，那时的姐姐已经是大人了。

我还记得那些夜晚，工作结束后姐姐带回比萨，我们和姑奶奶三个人一起分享。姐姐用她赚来的钱给我买公交车月票，还给我零花钱，让我去商店里买面包。早晨，姐姐早早地起床，为我和她做好便当。

第二年冬天，我穿上了姐姐给我买的鸭绒外套，这才知道不是我怕冷，而是以前穿的衣服不够暖和罢了。

姐姐是从什么时候开始和他交往的呢？他经常在我们家门前的大路上停车，让姐姐下来。那是一辆黑色小轿车。车很普通，不过号码牌上的数字很简单，不难认出。有一天，我正在人行道上走路，有人从车上下来。我转头看去，发现打开副驾车门走出来的姐姐和坐在驾驶席上抬头看姐姐的男人。那是我第一次见他。

看见是我，姐姐局促不安。我什么都没问，姐姐就说放学路上偶然遇到了教练，顺便送她回家。回家路上我什么也没说，只是盯着地面走路。

“你怎么了？”

到家后，姐姐问我。

“没怎么啊。”

我静静地回答，然后走进卫生间，很长时间没有出来。头很烫，嘴唇干燥，我用凉水洗脸，伸手接水喝了好几口，热气还是没有消退。

姐姐是个透明的人，什么事都藏不住，更不擅长说谎。每次姐姐跟我说谎，我总是轻易就能识破。我比姐姐精明，比她更会察言观色。我静静地坐在卫生间里，回想着那个看上去至少有三十岁的男人的面孔。那之后又有好几次，我看到那辆车停在大路边，姐姐从车里出来。

如今我长大成人，走在路上看到身穿校服走过的女孩子，也会感到震惊。怎么可以利用这么小的孩子？她们只是需要保护的孩子罢了。小时候的我却不这么想。这是要堕落到什么程度，才会跟老师鬼混啊？疯了吗？好脏。我认为都是女孩子的错。我相信是女孩子糊涂、疯狂、愚蠢，才会做出这样的事。姐姐不能成为这样的人。不，姐姐不可能是这样的人。我试着努力说服自己，然而姐姐不擅长掩饰，我对姐姐感到愤怒。这样的时候，你至少要好好掩饰啊，我在心里呐喊。

刚考上高中的时候，姐姐还说一定要拿到奖学金上大学，当个银行职员。姐姐数学很好，做事认真，我理所当然地相信姐姐会成为银行职员。姐姐上高三那年冬天，我说姐姐明年就是大学生了，姐姐却摇着头说：

“浪费时间。”

“不，姐姐要上大学，成为银行职员。”

我按捺着恐惧说道。姐姐回答说：

“你以为银行职员是谁想当就能当的吗？我没那么聪明。”

“不，姐姐很聪明。”

我感觉自己的心烫得都要熔化了。

高中毕业后，姐姐去了百货商店的服装卖场工作，而我成了高中生。那年冬天，我的个子长高了许多。姐姐的个子已经算高的了，那时我比姐姐还要高。我也想像姐姐那样打工，然而姐姐阻止了我。她说钱以后再赚也行，希望我不要担心钱的问题，好好度过学生时代。我用姐姐给的钱做生活费，总觉得欠了姐姐的债。

我知道姐姐还在和那个男人交往。姐姐毕业后，那个男人调到了别的学校，不过想要获取他的信息并不是什么难事。他比姐姐大十五岁，对学生很好，是个口碑很好的老师。我有点儿混乱，不过有关他的传闻都是这样，没有难听的话。

姐姐二十一岁那年怀孕了。我还记得爸爸听说姐姐怀孕时脸上浮现出的表情。淡淡的微笑，我就知道你会这样。如果他大发雷霆，是不是反而更好些呢？姐姐说他会为自己负责，她也会跟他结婚。姑奶奶用手拍打姐姐的后背，说女孩子不知羞耻，丢死人了，见了邻居都抬不起头来。然后又问："那个男人真的会负责吗？""是的，我会和他结婚。"姐姐确信地说。姑奶奶似乎放心了。

没过多久，他来了我们家。我还记得在客厅的荧光灯下看到他的样子，让颈部显得很长的灰色针织衫，米色纯棉裤子，大腿很细，裤子显得很宽松。我放学回家，脱下鞋子走进客厅的时候，还没来得及打招呼，他却先开口了：

"裙子改短了吗？"

这是他跟我说的第一句话。

"个子长得太快了。"

姐姐替我回答。裙子刚到膝盖，那是姐姐前不久买给我的。他的视线固定在我的腿上。直到我轻轻点头，回房间换衣服，他的视线始终没有离开我。

他观察了我们家的角角落落。看完家具、壁纸、窗框，又盯着我们家人看。爸爸和姑奶奶在场，他也毫不拘束，无所顾忌地开玩笑。提到结婚，他就不动声色地转移话题。见他这样，姑奶奶劝他在举行婚礼之前先登记。

“知道了。”他无可奈何地回答，然后反复说姐姐一无所有，只是带着身体来到他身边。他还强调说，姐姐没有大学毕业证，也没有积蓄，想对姐姐负责可不是普通的小事。爸爸和姑奶奶没有多说什么，只是听他说话。看到这样的情景，我的心情会怎样？为了掩饰愤怒，我只能坐在那里喘气。我也不知道自己为什么那么愤怒。

他走之后，我立刻回到房间。姐姐跟着进来，注意到了我的情绪，说道：

“你没事吧？”

“什么？”

我故作泰然，微笑着反问姐姐。姐姐辩解似的说道：

“老师对我很好。”

我不想看姐姐说这话时的样子，假装整理抽屉。

“从来没有人对我这么好过。”

姐姐说完，走出了房间。听着姐姐的声音，我知道这句话里没有丝毫的虚假。我是那样依赖姐姐，却不能成为姐姐的力量，没能填补姐姐空虚的心。想是这样想，可是十八岁的我又能做什么呢。我不知道怎样帮助姐姐。我切身感觉到了姐姐的伤痛，可是……这种心情真的好无力。

双方家长见面的时候，他的母亲说自己的儿子被人拖累了，还说姐姐怀孕了没办法，真的很难办。他的母亲露骨地表达了对姐姐的不满，他在母亲身边只是点头。

一直以来我都擅长忍耐，在很多事上都能完美地掩藏自己的情绪。忍耐是我的生存方式。因为我知道，如果选择对抗，最终吃亏的人只能是我。无论别人怎样挑衅，我都不做任何反应地选择无视，仿佛那件事根本就没发生。我认为这是捍卫自尊的方法。这也是我从姐姐身上学会的。只是忍耐。

即便是这样的我，看到姐姐不得不听对方说着轻蔑的话，我也还是难以忍受。更直白地说，姐姐将自己逼入这种境地的愚蠢让我无比愤怒。是啊，我极力告诉自己不能责怪姐姐，我的心却在每个瞬间都埋怨着她。

姐姐在举办婚礼之前给了我一大笔钱，说是我大学的学费和第一学期注册费[1]，以及高三一年的零花钱。这好像是姐姐全部的积蓄了。我知道姐姐攒这些钱有多不容易，无法坦然接受，可是没有这些钱，我就无法保证自己的未来，这也是事实。我说等我高中毕业就参加工作，把钱还给姐姐。姐姐说不用，如果真的想还，可以等到大学毕业。

结婚之后，姐姐搬到了我们家附近，住进了原来他住的房子——有着一个小房间、一个大房间和一个客厅的小公寓。打记事起，我就和姐姐睡一张褥子。摸着空了一半的褥子，我渐渐接受了姐姐不在的事实。

我和姐姐不常见面。虽然姐姐住在只要愿意我们随时可以见面的地方，可是有他在的时候我不想去。姐姐家的客厅里有张小沙发。我记得有次他低头看了看沙发下面的空间，让姐姐重新擦

1　在韩国也称为“登录金”，是在入学时需要预付的部分学费，学生需要先缴纳此部分费用才能办理入学手续。

地，擦得光彩照人。姐姐怀孕了，我阻止了拖着沉重的身体擦地的姐姐，自己去擦了。从那之后，每回去姐姐家，我都会帮着姐姐做比较吃力的清扫工作。

姐姐家总是很冷。冬天他也要节省暖气费，关掉暖炉。姐姐在家都要穿羽绒服，戴着毛线帽子，穿两双袜子。等他下班回来才能开暖炉。第一次听说这件事的时候，我的心情可想而知。我不想和他说话，也不想见他，可是有一天，我等到他下班，对他说，家里有孕妇，不让开暖炉很残忍。他耸了耸肩膀，仿佛没看见我似的径直走了过去，打开电视，然后对我说：

"小姨子，剪裙子了吗？"

听到这句话，我着了魔似的低头看校服裙子。这段时间个子又长高了，裙子短到了膝盖以上。他紧盯着电视，好像什么事都没发生。我气得瑟瑟发抖，对他说："你不该不让开暖炉，姐姐怀孕了。"

他稳坐如山，只是盯着电视。

"姐夫，你没听见我说话吗？"

我朝他走去，姐姐阻止了我。

"你回家吧。"

姐姐用眼神恳求我。姐姐害怕了。我看着姐姐的眼睛，知道我想帮助解决问题的努力反而会置姐姐于困境。我只能听姐姐的话，离开了。

几天后，姐姐请我吃乌冬面。我只字没提那天的事，姐姐也一样。我们小心翼翼地聊天，不去碰触与那天有关的任何话题。

吃完乌冬面，我用水漱了漱口。姐姐突然说：

“你姐夫是个好人。”

我说我们走吧，努力不看姐姐的眼睛。

“老师的工资不高，我又没能力，他只是想省钱才这样。你姐夫本身是个好人。”

听姐姐的语气，仿佛让我相信她的话是很重要的事情。

“姐姐觉得是就是吧。”

我冷嘲热讽地回答。

“你有没有想过，你对姐夫的态度太生硬了？”

“姐姐，那个人……”

“对长辈，怎么能说那个人。”

话到嘴边又咽下了，因为我知道，即使我把对他的看法告诉姐姐，姐姐也听不进去，只会让我们的关系变得更僵。

“没事了，姐姐，我累了。我回家了。姐姐也回去吧。”

我从口袋里拿出两个热敷袋，递给姐姐，然后直接跑回了家。继续待下去，只会伤害姐姐。从那之后，姐姐经常跟我说那些话，你姐夫是个好人，他的本性很善良，他对我很好。每当这时，我就强忍着即将爆发的心情点头，不敢正视姐姐的脸。

2

你出生在温暖晴朗的五月。你的头发很多，很容易就能在新生儿室的孩子中间找到你。你闭着眼睛，一直在睡觉。你在做什么梦呢？我贴在新生儿室的玻璃窗前想象。没有特别的感动，却不想转身离开。

没过多久，你和姐姐回到了家。你哭个不停。那么小的身体，怎么会发出那么大的声音呢？看着你，我感觉很好奇。

你在睡梦中动来动去的时候，我对你体内匆匆建起的世界感到好奇。无论那是怎样的世界，我觉得都应该珍视和爱护。你每天都在成长，那是凭借着什么力量呢？那么小的你怎么控制身体呢？你的牙床里怎么会冒出半透明的小小乳牙？当你用柔软的小手紧紧抓住我的手指，我就知道我爱上了你。

如果我也有孩子，又会怎样呢？我经常思考这个问题。应该是另外的感情，肯定不同于对你的感情。也许我会成为动不动就烦躁的吹毛求疵的妈妈。长久地，甚至到死都要对另一个人的人生负责，不时从孩子身上发现喜欢不起来的自己，这都是我没有把握承受的事。无论我多么爱自己的孩子，都不能阻止我和孩子之间的关系变得沉重和复杂。

我没有必要对你负责，没有义务每隔两小时就起床把奶瓶放入你的嘴巴，哄好哭泣的你，为你换尿布；也没有义务在你发烧的时候背你去医院。只要给姐姐做饭，帮助姐姐做做家务，看看你就行了，所以我们之间的关系很单纯。我喜欢你，你也喜欢我。见了面开开心心，分开时依依不舍。自从你出生以后，我就频繁出入以前不常去的姐姐家了。

一年后，我考上了从家里坐地铁直达的大学的酒店料理学系。我从小就做家务，自以为很熟悉用刀了，在大学里我却要从怎么握刀学起。我学得很好。我在家里练习在学校学过的菜肴，陪着姑奶奶吃，也给姐姐送过去。课程安排在周一到周四，其余的时间我用来打工。我在外派自助餐厅里择菜洗菜，打扫卫生，同事们都很认可我。

我和姐姐不一样，身体好，体力也好。这是赚钱的先天条件，很有帮助。面对需要力气的工作，我不逊色于任何人。细致的工作或整理类的事，我也做得无可挑剔。

你的周岁生日到了。周岁宴安排在他的故乡Y郡。姑奶奶和我乘坐长途客车赶到Y郡，走进一家大型自助餐厅的房间。房间里有好几张圆桌，他的亲戚朋友占据了大部分座位。我们和他以及他的母亲打招呼。大家都很有礼貌地互相问好，我记得当时还莫名其妙地感动了。尽管只是说些“谢谢你们来这里”“见到你们很高兴”之类的套话。

姐姐穿着奶油色毛呢连衣裙，化了浓妆，看上去比以前瘦了。毛呢连衣裙很厚，姐姐不停地流汗。你穿着白色的礼服，系着白领带，躺在姐姐怀里哭。我坐在角落里的餐桌旁，看着你和姐姐。那一刻，我感觉你们两个人比任何时候都遥远。

周岁宴开始了，你终于止住哭声，姐姐却没能保持住明朗的表情。他们家和我同桌的亲戚们肆无忌惮地议论着，孩子妈的脸色怎么这样，女人随和才最好，瘦得干巴巴的，看着就没福气，腿还是弯的……

是的。那时候我也只能忍耐。抓周的时候，你抓的是线团。姐姐脸上这才绽开自然的微笑。你会健康长寿的，我想。没有比这更重要的事了。

宴会结束，姐姐跟婆婆说话，我朝她们走过去。我说我该走了，也对姐姐的婆婆说了声“今天辛苦了”，然后恭恭敬敬地行礼。我转过身，刚走一步就听见很大的声音，似乎是故意说给我听的。

“你妹妹怎么那么胖？”

我假装没听见，径直走出了房间。二十岁的我，还不了解人们真正的恶意。姐姐的婆婆始终在背后指指点点。幸好我走得快，没听到后面的话。与此同时，我也期待姐姐会追出来跟我说，她担心我会难过。直到我走进大厅回头看的时候，姐姐仍然若无其事地和婆婆说话，好像根本就没看见我。

我第一学期的成绩很好，拿到了半额奖学金。听说我得了奖学金，姐姐说能不能先把之前那笔钱还她。我把自己攒的钱，连同助学贷款的钱都给了姐姐。当初姐姐说过不要我为钱担心，工作之后再还，应该是发自内心的吧。可是那时候，姐姐却看着我的脸色，问我能不能还钱。这让我不能不猜测，姐姐在经济上遇到了困难。

不久之后，我去姐姐家，原本要去钓鱼的他坐在客厅里。电视也没开，他坐在沙发上注视着屏幕。我跟他打招呼，他看也没看我这边。我打开你和姐姐房间的门，里面没有人。我站在那里不知所措，他喊了我一声。我走到他面前，他从口袋里拿出什么东西，放在自己手上，看着我。那是橡皮筋捆扎的万元纸币。这是什么意思？我看着他。

“小姨子，这钱是怎么回事？”

我摇了摇头。我不知道他在问什么。

“这是从你姐姐抽屉里翻出来的……”

说完，他冲我露出微笑，只是嘴角在笑。我这才明白，原来他在审问我。我看出那些钱是我还给姐姐的一部分。我不知道他了解多少，姐姐是不是也知道这个情况。如果知道，她又是怎么解释这笔钱的来路的。我很好奇，可是我什么都不知道。于是我说不知道，我不知道这笔钱。

“是吗？跟你姐姐说的不一样啊。”

他收起笑容。

“姐姐怎么说的？”

没等我说完，他就把钱扔了出去，差点儿砸到我的脸。瞬间，我不禁哑然失笑。

我又朝他靠近一步，低头盯着他的脸。我看见了紧贴头皮的细发丝和凹陷的额头，凸出的眉骨和上面稀稀落落的眉毛，疲惫的眼睛和尖鼻子，淡灰色的嘴唇和小小的下巴。我用他第一次来我家时盯着我们看的眼神看他，脸上带着若有若无的笑容。

“有事就说清楚。”

我像听别人说话似的听着自己低沉而沙哑的声音。他好像觉得不可思议，笑出了声，不过慌张也是显而易见。在这之前，我尽可能不和他见面，即使他惹我生气，我也忍耐和回避。他也知道姐姐是我的软肋。不过，他不知道的是我从来没有怕过他。

他站起身来，拿起钱，说他已经说完了，让我出去。

那以后很长时间，姐姐没有联系我。我拨打姐姐的手机，说是空号。我担心姐姐，往她家里打电话，姐姐接了。姐姐说她是家庭主妇，不需要手机，于是注销了。她说她有必要缩减生活费。我们像什么事都没有发生似的进行着普通的对话。他审问我，朝我扔钱，我第一次和他对峙，这些事我都没有说。我不想让姐姐担心。姐姐似乎也是怕我担心，没有告诉我真实的情况。当然，这些还不是当时我们没有彼此坦诚的全部原因。

有事也当成没事，假装不知道。

这是我们面对自身力量无法解决的情况时惯有的态度，也是承认自己无法成为对方的决定性力量的方式。我们就这样欺骗自己。一切都没关系，不算什么。再折腾也只会让问题更大。

我们努力向对方隐瞒了很多事。这期间，你一天天长大。到了两岁，你会模仿大人说话，会用句子表达想法。我去你们家，你张开双臂跑过来抱住我的腿，兴奋得大喊大叫。我坐在地上张开双臂，你钻进我的怀抱，拥抱我。你坐在我的膝盖上抬头看我，小手摸着我的脸。我的脑海里浮现出你当时的表情。你很有活力，一刻也停不下来，到处走来走去，不停地叫喊。玩玩具的时候，你也总是回头，看我是不是在看着你。你仿佛在观察我，担心我会很快消失，担心我会很快忘了你。

我对你说过几次“我爱你”？我呼唤你的名字，说“我爱你”。你也对我说，“我爱你”。我们像接球发球似的互相说着“我爱你”。

“你爱我吗？”

“当然，我爱你。”

“爱到什么时候？”

你好奇地问道。看着你，我知道你的世界开始区分昨天、今天和明天，也知道了感情会变的事实。一切都可能改变，一切都可能消失，一切都可能离开，小小的你自然而然地知道了这些事情。

“永远爱你。”

“永远？”

“嗯，永远。就算姨妈变成奶奶，变成最老的老奶奶，也还是爱你。”

我无法解释永远的含义，就这样说了。你还不懂得死亡。我无法解释永远和死亡无关，永远可以跨越时间的局限。你依然盯着我的眼睛，做出听懂的样子。从那以后，这句话成了我们两个每次见面都要说的问候语。

我爱你。

爱到什么时候?

永远，永远。

你好像嘴里含着小糖果，反反复复说着“我爱你”，说着“永远”。你喜欢这样。你知道这句话是什么意思，我也知道你完全理解这句话的意思。我说我永远爱你的时候，我也很清楚自己在说什么。不管你长大之后成为什么样的人，不管今后你怎样对我，不管你做出怎样的选择，我觉得我都会爱你。

那段时间，姐姐仍然努力向我证明，他是好人。我没有任何反应，姐姐就会说：

“你姐夫，至少对孩子很好，是个好爸爸。”

姐姐详细地告诉我他对你做的举动和说过的话。“是的，姐姐。”姐姐会不停地努力说服我，说他是个多么好的爸爸，直到我做出这样的回答。因为姐姐愿意相信他对你好，姐姐的生活也不像我以为的那么痛苦。因为这样想更容易。

“是的，姐姐。”

我这样回答，同时做出同意的表情。

3

大学最后一学期，我去酒店餐厅实习。我需要换乘公交车去酒店。那天下午有实习，于是我在车站等公交车。我看到一个身穿校服的女孩站在马路对面。身材瘦小，看着像初中生，却穿着高中的校服。我一眼就看出那是他工作的学校的校服。女孩穿着宽大的校服，背着大书包，眼睛盯着车道。

这时，一辆黑色轿车停在她面前。她左右看了看，坐上了副驾驶席。车上挂着我熟悉的车牌。我隔着车窗看到了他的脸。短暂的瞬间，我还是看到他在抚摩孩子的脸。我呆呆地注视着。静静地站了会儿后，我直接乘公交车去了酒店。也许是我看错了。姐姐说他最近负责监督晚自习。应该还有别的事。我就这样无视心里的警告，努力专注于自己的事。

平日下午五点、公交车站、瘦小的孩子、黑色的轿车，这样的场面后来我又见过几次。几周之后，我坐在女孩那边的公交车站等他。一辆黑色轿车远远驶来，女孩冲着车招手的时候，我缓缓走向那边。车停下来，女孩刚刚打开副驾车门，我一手抓住女孩的胳膊不让她上车，一手抓住车门，盯着他的脸。他惊讶地看着我，一句话也没有说。

“姐夫，你在做什么？”

说完，我转头看了看女孩。女孩的脸红到了脖子根儿，胳膊被我抓住，没有抵抗。我又看了看他。他依然满脸惊讶，不过很快就露出泰然的表情，开口说道：

“我们班的孩子，有事要问她。”

没等他说完，后面有长途公交按了喇叭。我不得不关上车门。车门刚刚关上，他就离开了。街上只剩下我和被我抓着胳膊的女孩。车从视野里消失，我这才意识到自己抓得太用力了。她咬着嘴唇，应该是因为身体的疼痛。我松开手，看了看她。身高大概一米五五？小小的孩子像衣架似的披着大大的校服外套。

“胳膊疼吧？”

女孩点了点头。藏青色的校服外套上面，黄色刺绣镶嵌着她的名字。已经十月底了，女孩却光着腿，连长筒袜都没穿。我们面对面站着，什么也没说。我注视着她的脸色从最初的慌张变成了恐惧的僵硬。她向前缩着肩膀，瑟瑟发抖。

我约她去喝碗热汤。我们并排走了很长时间，走进一家豆芽汤饭店。坐在温暖的地板上，我们点了两碗汤饭和泡菜煎饼，等待寒气消退。

“姐姐……”女孩小心翼翼地问我，“您会向学校举报吧？”

她没有辩解，也没有说谎。她似乎知道这样也没用。我不置可否，她继续说道：

“不能让爸爸妈妈知道。”

女孩的眼睛红了。

“以后不要在校外和他见面了。如果再让我看到，我就只能举报了。”

女孩沉默片刻，说道：

“我是担心老师才这样。老师很脆弱，遇到了很多痛苦的事，一个人难以承受……”

说到这里，女孩闭上了嘴，静静地注视着水瓶。

“没有人像老师那样对我那么好。”

咽不下饭，我只盛了口汤放进嘴里，可是什么味道也尝不出来。

“既然他对你好，那你为什么害怕我向学校举报？”

“因为别人无法理解。”

“无法理解什么？”

女孩喝完水，静静地注视着我。

“我不是小孩子了。”

她的脸看上去很稚嫩，说是小学生也有人相信。瞬间，严重的头痛开始了，仿佛有人拿砖头砸我的脑袋。我疼得直冒冷汗。

“你是小孩子，那个人是坏蛋。等你到我这个年龄就知道了。不，你现在也知道。”

女孩看着自己的双手，偶尔眨眨眼睛。

“你什么错都没有。可是他继续这样对你，那么受伤的只有你。你也知道吧。”

没等我说完，女孩就用双手捂住了脸。这样过了很长时间。

“老师呢？那老师怎么办？”

我从包里拿出一本小相册。为了想你的时候能看看，我常常随身带着这个口袋相册。大约有十张照片，包括周岁宴那天他抱着你拍的照片。女孩呆呆地看着那张照片。

“这个人并不弱，年纪大，有工作，有房子，也有家人，没什么可担心的。我不知道他跟你说了什么谎，不过他的力量要比你强百倍千倍。不要自作多情。如果你不能结束，我就只能举报了。”

“不能举报。”

“我有你和他一起拍的照片。告诉我，你会结束的。”

女孩静静地站了会儿，点了点头。“我会结束的，以后不再单独见他了。”饭吃了没一半，我们就出去了。

我把女孩送到小区，毫不隐藏地诉说了这些年的情况。我在心里期待，如果坦率地表达出自己的感受，也许会有效果。不是因为我比她优秀或聪明而提出忠告。我知道什么是缺少爱，什么是孤独，即使面对别人小小的善意或关心，也会彻底敞开心扉。这是我第一次坦诚地跟别人说这些话，就连跟姐姐都没说过。也许我对女孩说出了本想告诉姐姐的话。

“随时可以联系我。”

我告诉她联系方式，然后怔怔地看着她走进小区。回到家里，我把吃下去的东西都吐了出来。

是的，我没把这件事报告给他的学校。因为我知道，即使报告了，他也不会受到惩罚，只会让女孩受打击。即使向教育厅举报，也改变不了什么。每天夜里，我把脸贴在冰冷的墙上，睁着眼睛思考。我能忍到什么时候？

那以后我很长时间没去姐姐家。我不想再见到他，也没有信心看见姐姐。偶尔姐姐打电话给我，我就若无其事地接，但是没有主动联系过姐姐。姐姐不可能不知道我的变化。你大概也看出我和姐姐的关系发生了变化，时隔很久再去姐姐家的时候，你问我为什么不常来玩。我说我太忙了，你呆呆地看着我。你的神情像上了年纪的人，盯着我的脸。后来很长时间，我都会想起那张脸。

你盯着我看了很长时间，然后爬上我的膝盖，让我读书。仿佛忘了为什么看我，你哈哈大笑着和我玩耍。你长大之后会成为什么样的人呢？这样想着，我又开始想象我和长大后的你犹如朋友般交谈的样子。

我不认识长大后的你，你应该也不知道我。无论是去电影院买票或者去便利店买东西的时候，还是在咖啡厅里点饮料的时候，每当看见收银台前和你年龄相仿的兼职生，我常常想那会不会是你。我们就那样互不相识地进行对话。您是用信用卡结算吗？是的。好的，请在这边插卡。请问需要购物袋吗？不用。需要发票吗？不用。需要做停车登记吗？不用。再见。再见。我们互相道别，甚至不去看对方的眼睛。如果眼前的人是你，认不出我也没关系，我只想和你聊聊天，哪怕以这样的方式也好。

现在你在哪里呢？你会是什么样子？做什么工作？

大学毕业后，我在首尔的大型酒店餐厅里工作。我在水产部门上班。每天要站上十个小时，处理各种水产品。相比学习的时间，我已经算是手快的了，然而我还想做得更好，于是加快速度，结果不小心让刀划破了手。每当有人说这件事太辛苦，女孩子坚持不了太久，就会激起我的好胜心。每天下班之后，我在家附近的小学操场里跑五圈，心情不好还会跑上十圈。

那时候我不喝酒，也不跟别人玩。工作、运动、在家休息，这就是全部。人们说我是熊。我不会耍滑头，只是默默工作，性格温顺，他们才这样叫我。你知道熊是什么样的动物吗？有一次我看了有关熊的纪录片，这才知道熊是怕人的动物。它们嬉戏玩耍、悠闲自得的时候，只要看到人的身影就会害怕地躲起来。

我工作的餐厅在酒店顶层。我想起工作结束来到走廊，茫然注视首尔夜景的日子。每当这时，我都不相信自己才活了二十二年。我感觉自己已经活了上百年，疲惫得仿佛活了很久很久。夜空下灯光闪烁，仿佛在低声合唱，今后你还要继续生活，生活。我不想了解什么，也不想尝试什么。如今我对什么都不好奇。但是，我还要生活，仿佛有人在背后推我。

有一天，我下班后乘坐公交车，接到一个电话。

“姐姐，你为什么要这样？不是说好不举报吗？”

那个女孩。女孩沙哑的声音里分明带着愤怒，她向我抗议。

“爸爸妈妈都被叫到学校了，以后我没法上学了。现在开始调查，老师怎么办呢？你说好不举报的啊。”

我说我没有举报，可是她不相信。女孩更多的是为他担心。听着她的声音，我知道她没有切断和他的关系，尽管我早就料到会这样。我反复对她说，我没有举报。我相信了她的承诺，以为她会和那个人断绝关系。她大喊大叫，让我不要说谎。我关掉了手机。

下车回家的路上，我看见他站在胡同口。我盯着他的脸看了看，径直走了过去。不一会儿，我朝前倒了下去。过了一会儿我才明白，原来是他从后面打了我的头。我站起身来。他双臂交叉，看着我。

“是你捣的鬼吗？”

他问。我呆呆地站着，眼里含着泪花。不是因为被他打了，这点事不算什么。

“你也是这样打姐姐的吗？”

我自言自语，好像在问自己。

“你以为举报了就会有所改变吗？如果对我不利，最终都会返还给你姐姐。什么都依着你，你真以为自己多了不起啊？”

他气喘吁吁地说道。

“你也打过姐姐吗……”

他不置可否，径直离开了。我是成年人了，到了不再需要监护人的年龄，然而我还是无法保护自己，没有人站在我这边。他也知道这个事实，所以才对我动手。即使告诉爸爸，爸爸也只会让我忍耐。如果告诉姐姐，姐姐会询问他打我的原因，最后也只会说他不得已才这样做，并且将他的行为正当化。这样想的时候，我发现自己不再相信姐姐了。

调查只在学校内部进行，他没有受到任何处罚。结论是不良学生追求老师。女孩因为这件事退学了，偶尔会给我发信息，埋怨我。我没有回复。也许她会恨我很久。因为这是罔顾残酷事实，欺骗自己最便利、最有用的方法。

不久后，姐姐来到我们家。我看见映在餐桌灯光下的姐姐的脸，感觉姐姐面对这种情况似乎有些不适。下雨了。尽管是白天，外面很暗。细长的雨丝无声地滴落，冷风从敞开的窗户吹进来。

“关掉电风扇，好吗？”

姐姐双臂交叉在胸前，蜷缩着身体。我关掉电风扇，从房间里拿出大衣，披在姐姐肩上。我用热水冲了姐姐喜欢的速溶咖啡，递给姐姐。姐姐双手抱着马克杯，静静地注视着杯子。她似乎有话要对我说，却不知道怎么说出口。

“为什么要这样？”

姐姐盯着杯子，小声问道。

“什么？”

我靠着洗碗池，望着姐姐。

“我知道你怎么看你姐夫，可是……那也没必要这样陷害人啊。”

“这是什么意思？”

我想回答得不以为意，然而我的声音在颤抖。我没想到姐姐会说出姐夫在学校接受调查的事，也没想到姐姐会说举报的人是我。

“看来你误会得厉害。因为这件事，你姐夫非常痛苦。虽说最后的结果证明他没有，可是他因为这件事成了人们的谈资……老师的圈子很小，大家都有评判。”

姐姐的视线没有离开杯子。

“我不知道姐姐在说什么，应该是姐夫误会了。”

我从干燥架上拿出碗来，放进收纳柜。

“我不知道你为什么要折磨我们。”

整理完了碗，我转头看姐姐。

“姐姐不再相信我了。”

姐姐盯着我看了很久，转移了视线。“是的，我不相信你。”姐姐用尽全身的力气说道。我心里有两个小人在打架，一个想要伤害姐姐，不知所措，另一个因为可能失去姐姐而恐惧。

“那个孩子有问题，你姐夫想要安慰她。听说去年你见过他们两个在一起。你误会了，所以举报了他们。”

“我见过姐夫和自己学校的学生在一起，可是我没有举报。”

如果我只说到这里，结果会怎么样呢？可是我没忍住，继续说了下去。

“那个孩子没问题，只是个普通孩子。”

“不是的。听说那个孩子很奇怪，所以退学了。你姐夫也被折磨了很长时间。”

我假装又去整理碗，说道：

“好的，姐姐，我们就这样想吧。”

“这是什么意思？什么叫就这样想吧？”

“我不知道姐姐为什么来，试图劝说和这件事毫无关系的我。如果姐姐这样认为，那就这样认为好了。如果姐姐心里不舒服，不要找我撒气，我没有这个义务。”

“跟你有关系我才说啊，你误会了，所以举报……”

“别说了，我没有。”

我把姐姐丢在餐桌边，自己回了房间。我们不常吵架。感觉要吵起来的时候，我们中间就会有人走开。这是我们的方式。我站在自己房间的窗前，注视着外面的雨。雨丝很细，仔细看才能看见。不一会儿，我听见了开门声。

“我不多说了，你姐夫，希望你向他道歉。只要说句你错了就行，周末来我们家。”

我回头看姐姐，仿佛有电流流过全身。

“我没有举报。就算举报了也不会有改变，我为什么要举报？”

“什么叫不会有改变？这是什么意思？”

“姐姐。”我盯着姐姐的脸看了很长时间，继续说道，“姐姐不也是这样吗？”

姐姐缓缓地眨了眨眼，坐在书桌旁的椅子上，垂下了头。姐姐的耳朵、脸和脖子都涨得通红，我静静地注视着姐姐。我揣测着姐姐的羞耻之心，感觉到某种扭曲的满足。我踩着姐姐崩溃的心继续说道：

“我不是说姐姐错了。姐夫毁了姐姐的人生，可我为什么要道歉？”

姐姐抬起头来，像打量陌生人似的看着我。仿佛她以为站在面前的人是我，突然发现竟是素不相识的人。

姐姐脱掉身上的大衣，拿起包，走出家门。

从很小的时候开始，姐姐就想在我面前表现得像大人。她主动承担起责任，保护年幼柔弱的我。这不仅是因为姐姐有着强烈的责任感，而且这也是确认自己强大而独立的方法。这是姐姐心目中的自己，也是她以姐姐的身份活下去的力量。

那天，我彻底否定了姐姐的信仰。我觉得姐姐的人生已经被别人毁掉了。我坚信自己是比姐姐更好的人，试图教育姐姐。我做出判决说姐姐的人生被毁掉了。

这就是我对从小照顾我的姐姐的回报。

4

这件事情过后，我们很长时间都没有联系。大概过了一个月，姐姐打来了电话，仿佛什么事都没发生过。姐姐说要是没什么事，就去她家里。听说你很想我，他去钓鱼了。我记得接到姐姐电话的时候，感觉松了口气。我做了姐姐爱吃的炒螺丝椒和凉拌茄子，去了姐姐的家。

你不在家，他坐在餐桌边的椅子上。看见我，他招手让我过去。他上上下下打量着我。自从在街巷里被他打过之后，我第一次见到他。姐姐走到他身边坐下，让我坐到对面。我照做了。他面前放着一捆捆万元纸币，还有看似账本的笔记本。

“你姐姐给了你多少钱？”

他问我。我看了看姐姐。姐姐的表情告诉我，姐夫都知道了，让我如实说就行。我说出了姐姐借给我的金额，然后补充说，我已经还清了。

“你和你姐姐有很多秘密，是吧？”

说完，他用食指戳了戳姐姐的头。姐姐不敢看我，低头看着餐桌。

“你说你没有积蓄，原来是你们两个人合起伙来骗我。”

他又用食指戳了戳姐姐的头。这次姐姐差点儿被戳倒。事情来得太突然，我难以置信，很长时间里就只是看着。见我没有反应，他开始打姐姐的头。我记得我看见姐姐倒在了地上。

我回过神来，在他背后用一条胳膊搂住他的脖子，另一只手将他的手腕折到后面。他疼得大喊大叫。听见他的声音，我还想让他更痛，直到昏迷不醒。我的手继续用力，往后掰他的手腕。他挣扎的力量很大。他个子比我矮，块头也小，我以为力气不会输给他，然而想要制服他还是很费力气。不过无论如何，他都不是我的对手。去死吧。去死吧。死了算了。去死吧。纯粹的愤怒通过我的身体传递出来。

姐姐用双臂搂住我的腰，试图把我和他分开。"住手，就算为我考虑，也要停下来啊。"听着姐姐的声音，我还是停不下来。那时我已经不是我了，而是充满了对他进行物理性破坏的饥饿感，以及渴望他痛苦和疼痛的欲望。我第一次知道，我的身体里竟然藏着这样的想法，而且还有付诸实践的紧迫感。粉碎他的骨头，撕扯他的神经，让他痛到昏厥。这是我单纯的欲望。

他开始哀求。"小姨子，我错了，小姨子，饶命，太疼了。"我不知道这样过了多久。这种程度应该差不多了吧，想到这里，我放开了他。他站起来，朝着站在冰箱前的姐姐走去，用那只没受伤的手打姐姐的头。

那个瞬间在我眼里是非常缓慢的场面。他因为疼痛而摇摇晃晃，动作也很迟钝，想要避开他的手并不是什么难事。况且，还有我在。尽管如此，姐姐还是像死了心似的站着不动，并不躲避他的手。最让我震惊的不是他打姐姐，而是姐姐那似乎将其当成必须承受之事的身体动作。

他打了姐姐，得意扬扬地看我，仿佛要让我看清楚，我永远无法打败他。

"现在你心里舒服了？看到这个样子，你开心了？"

姐姐低声对我说道。仿佛是我刺激了他，他才打姐姐。

“你知道你做了什么吗？跟你姐夫道歉。”

“没有教养才会这样。”

这样说完，他又朝姐姐举起了手。尽管只是短暂的瞬间，然而姐姐用眼神示意我不要动。

换作是你，你会怎么做？如果是你，那个瞬间会怎么办？那个时候的选择会产生怎样的结果，对我来说并不是重要的问题。即使时间倒转，回到那个时候，我也还是会做出同样的举动。

我被关在拘留所里，接受审判。检察官关注的是他的受伤程度较重，以及暴力并非来自双方，而是来自单方。辩护律师承认我的全部嫌疑，却认为应该考虑到他在我面前对姐姐施暴的情况。

再次见到姐姐是在法院。姐姐一头短发，脸上没有化妆，坐在证人席上。她没有看我。法官开始审判了。姐姐看着法官回答说：

“不，那天丈夫没有打我。”

“是的，从来没有。”

“我丈夫是个诚恳而温柔的家长。”

“我妹妹有恨……对我丈夫怀有不明原因的憎恨。”

“我结婚之后，只留下她自己，这让她很气愤。”

“她有暴力倾向，我也没有办法。”

我无法继续正视姐姐。知道了，姐姐。好的，那就按姐姐说的做吧。我绝望了。

“那天受害人没有对证人施加暴力行为，是真的吗？”

听到法官的提问，坐在我身旁的律师面露尴尬。

“是的，我说谎了。姐夫……没有打姐姐。”

我静静地回答。

我是初犯，不过性质恶劣，受害者伤情严重，因此被判刑。审判结束，律师问我为什么在法庭上说谎。辩护律师相信我说的话，相信是他打了姐姐。她说她见过很多女性被告人，不去否认并非事实的不利证言，却自暴自弃地接受，认为我也是这样。她说，这是最后一次，以后不要再用这种方式惩罚自己了，让我怀着对自己的歉意生活。判决结束时，年纪应该和妈妈差不多的律师含泪说出了这番话。我忘不了她说这些话时的面容。

在监狱里，我写在笔记本上的文字分为两类，一种要留下来，一种要撕毁。当我忍无可忍的时候，当我无法控制自己的时候，我会把自己的心情如实写在笔记本上，然后立刻撕掉。文字只是文字，从前的我是那样想的。有的文字，我选择留下来，应该是那里藏着我想要传递心情的意愿。我的心情的确传递出去了。不管对方读或不读。

我在监狱里用的是紫色封面的线装笔记本，中间撕了很多页。看着被撕掉的痕迹，我回想自己当初是怎样的心情。当时的心情记录在那里，成为被撕掉的痕迹。

不过，留在笔记本上的内容并非为了欺骗自己的心，或者是不真实的内容。好像是在给你写信，我用我的故事填满笔记本，写下二十二岁的我所记得的你的一切。

法庭上律师对我说的话，我记了很久。“以后不要再用这种方式惩罚自己了。”刚听到这句话的时候，我不明白是什么意思。

我只是不想和姐姐争吵，通过认可姐姐的伪证来回避。反复想起律师的这句话，我终于动摇了。真的仅此而已吗？

小小的牢房里，不舒服的床铺反而让我很轻松，吃着寒酸的配餐，我却感到心满意足。对于那些粗暴待我的狱友，我选择了接纳。我静静地审视自己的内心。成为千夫所指的罪犯被关进监狱的时候，我反而如释重负。这是我应该付出的代价吗？律师说得对。我想要的是比我犯下的罪行更大的惩罚。

在监狱里，我还怀着微弱的希望，说不定姐姐会来探视。直到二十四岁出狱那天，我都期待姐姐会来看我。但是，姐姐一次都没来。那之后的很长时间里，我对姐姐感到愤怒。

一年又一年，时间流逝，我的愤怒渐渐地淡了。那时我才知道，我之所以那么恨姐姐，是因为我不想承认我被姐姐抛弃的事实。是的，姐姐彻底抛弃了我。我仍然恨着姐姐，为我们的分别而痛心，不过现在，我感觉那只是我对姐姐的感情中很小的部分罢了。

无论是在监狱里，还是出狱进入社会以后，我经常边哭边想，我从来没有真正被爱过。那时的我似乎以为，爱很完美，没有缺憾。从这点来说，我从来没有得到过真正的爱。可是，真的是这样吗？

我整理着姐姐送我的鸭绒外套，姐姐希望我不冷，攒下本来就不多的时薪工资，为我买了最暖和的衣服。她的心意没有消失，依然留在我的身体里。为了给我筹集大学学费，穿着不舒服的皮鞋站满一整天的姐姐，我怀疑过她的心。我没有资格认为那不是爱，认为自己没有得到过真正的爱。我又给了姐姐什么样的爱呢？我问自己。

我认为姐姐是微不足道之人，认为她愚蠢，被利用，还是被垃圾一样的男人左右的胆小鬼。身处不幸，却不想逃离的被动之人，让我感到羞耻的人。我认为姐姐以这样的方式生活，让我受了屈辱。姐姐真的不理解我的心思吗？那时我以为自己把心事藏得很好。我自以为不同于被人看透心思的姐姐。事实上，也许恰恰相反。

因为在我心里，我是判官，那是我的职业。我经常把姐姐置于我内心深处的被告席。我低头看着姐姐，问她的罪，在心里抛弃了姐姐。我不知道这是我在抛弃自己。

那时我在心里确信，我是对的，姐姐是错的；我是正确的，姐姐是扭曲的；我懂，姐姐不懂；我能做到，姐姐做不到；我勇敢，姐姐卑怯；我独立，姐姐依赖；我堂堂正正，姐姐卑躬屈膝；我为别人考虑，姐姐自私自利；我保护姐姐，姐姐抛弃我。一切都很明了，不需要再去想太多。很长时间之后，现在，我并不觉得这中间的任何一条接近真实。

有时我想知道，在你心里，你妈妈是个什么样的人呢？关于姐姐，正如我知道你不知道的一面，你也知道我不知道的一面，也有我们都知道的一面。比如，专注的时候会皱眉头，笑声很低，脚步很快，睡觉前伸个大大的懒腰，朝旁边躺着静静入睡的脸，说重要的话之前先说声“嗯……”然后停顿一拍的习惯，吃酸味食物时扭曲的表情，咽下想说的话时的面孔，手在背后交叉的习惯……

现在，姐姐又以怎样的心情活着呢？我不得而知。

5

出狱之后过了八年，我才见到姐姐。那是在姑奶奶的葬礼上。姐姐穿着庄重的黑色裤子套装，点上香，在遗像前行礼，然后跟坐在丧主位置上的我打招呼。

我以为姐姐哀悼之后会离开，没想到她走到餐桌前坐下了。我远远地看着她，遇上了姐姐的目光。我们就这样对视了很长时间。我慢慢地朝姐姐走去，坐到她对面。我呆呆地注视着姐姐用牛肉汤泡米饭吃，中间不时喝水的样子。姐姐准备站起来的时候，我喊了声姐姐。姐姐想说什么，却又咽了回去，离开座位。我跟在快步离开的姐姐身后。

"姐姐。"

姐姐走到殡仪馆门前，回头看了看我。以前我那么容易就能看穿姐姐的心思，可是那时，我看到姐姐用手背擦拭脸上的眼泪，却根本读不懂她的心。

姐姐站在原地，冲我摇了摇头。我的身体告诉我，姐姐不希望我靠近。我不能继续追赶姐姐了。姐姐走向春光明媚的停车场。那是我最后一次见姐姐。

会说话后，你什么都问。好像把物质拆分成原子的科学家，你不停地问。吃饭了。你问，为什么要吃饭？因为吃饭才能长高。你又问，为什么？

在你看来，没有什么是理所当然的。雨从天上降落，热天流汗，流浪猫因为怕人而躲到车底，对你来说都不是理所当然的。

为什么？你问个不停。我竭尽全力地回答，最后还是无言以对。这时我会回答，姨妈也想知道呢。这个回答总是让你微笑。

我常常在心里和你进行这样的对话。我说以后我们不能见面了，你问为什么。我回答说，我对你爸爸施加了严重的暴行，跟你们家断绝关系了。为什么？你又问。我回答说，我不能眼睁睁看着你爸爸欺负我姐姐，我说我想警告他。你又问我，为什么？我回答，我想保护我亲爱的姐姐。我想让他知道，姐姐对我来说是很重要的人，不能随便欺负。你问，为什么？我回答，有时爱会让人无法忍受，看到心爱的人承受痛苦无法置之不理。为什么？你仰着清澈的脸又问。然后，我回答：

我也想知道为什么。

原来姨妈是由于许多不知道的原因而不能和我见面，你点着头说道。是的，对，你说得对。不知不觉间，我和你面对面，相视而笑。

我的监狱房间，通过窗户可以看见运动场。固定的时间，囚犯们会按顺时针方向在那里慢慢走路。我站在铁窗边，久久地注视运动场。偶尔有几名教导官经过。高大的混凝土墙包围着空荡荡的运动场，我看着阳光落在上面，云影徘徊。我也看雨中的操场。

那天是我二十三岁生日，起床时间还没到，我就早早醒来。睁眼看去，窗外下雪了。我起床站到窗边。从黑暗天空落下细小的雪花，在白茫茫的灯光下闪闪发光，落到地面。在我看来，灯光下的雪花像是通往天空的路。不知为什么，我突然觉得那个降落洁白雪花的地方是我永远无法企及之地。

刹那间，我接受了不能再见到你的事实，接受了我成为你永远无法抵达的他人的事实。我哭了，努力不让自己发出声音。我知道，即使在那个瞬间，我也正飞快地从你的世界里消失。尽管这样，尽管这样……

我还是永远爱你，即使你不记得我。

世界上竟然还有这样的心情，写一封注定无法保留的信。写完最后一句话，我决定把这封信撕掉。

我看着你，就像看到了我，看到了姐姐。我爱你。因为你是我姐姐的孩子。虽然不能尽情喜欢，却在心底深处那么爱的姐姐，你是姐姐的孩子。我希望你永远安宁，享受你应该得到的幸福。虽然我们在擦肩而过时都认不出对方的脸，虽然和你在一起的时间和不能在一起的时间都让我心痛，可我还是感谢你。

今天是温暖而晴朗的五月天，也是你的生日。祝你二十三岁生日快乐。

你的姨妈

一年

1

最初的三天，天气晴朗。窗外，远处是高架桥和上面行驶的汽车。高架桥前是公寓和商业街、多户住宅、仅剩树枝的树，偶尔有鸟成群结队地飞向蔚蓝的天空。她躺在病床上输液，看着外面的风景，身上挂着接血和脓水的袋子。那是冬天。

三天后，她拖着带轮的输液架，走在病房的过道里。医生说总是躺着恢复得慢。她走得很慢，中途坐在休息室的椅子上看电视。她心不在焉地看电视，偷听着患者、监护人和访客们的谈话。

经常有人来看她。从开始住院到手术结束，住得较远的姨妈就一直陪在身边，后来不时有认识的人来探望。跟她没什么感情的伯父伯母来为她同声祈祷，唱赞美诗。几位公司同事也来探望过。

对她来说，这些探访出乎意料。人们都很亲切，对她受到的痛苦给予安慰。她有种被他们真心接纳的感觉，尽管只是短暂的瞬间。这种感觉温柔而甜蜜，像手术后流淌在血管里的吗啡，她的痛苦减轻了。不过她没有忘记，他们曾经比任何人都让她痛苦。

她见到多希是在手术结束一周之后。走在医院八层过道的时候，迎面走来一个身穿黑色运动服的女人。距离稍近，她认出那个女人是多希。多希没有转移视线，朝她这边走了过来。

前辈。

多希小姐。

您怎么在这里……

多希惊讶地注视着她。

我做手术了，多希小姐怎么……

我妈妈住院了。

多希的脸上没有化妆，头发乱蓬蓬地束起，脚上穿着拖鞋。

找个地方坐坐吧？多希问道。

那好啊！

两人慢慢地走进休息室。电视正在播放晚间新闻，有几个人在小声说话。她没想到会再次见到多希，即便是偶然。她困惑地坐在休息室的椅子上。休息室灯光很暗，多希说起母亲的情况。母亲即将做乳腺癌手术，今天刚刚住院。

走廊里的灯又灭了几盏。她什么话也没说，眼睛盯着多希穿着拖鞋的脚。

她也说起自己的状态，简短地讲了得知病情、做手术、恢复的过程。多希不时做出回应，是啊、对吧、是这样啊。好久不见，然而和多希聊天的时候，她还是感觉到熟悉的舒适感。

她说完了，两个人呆呆地看着对方的脸。稍显暗淡的灯光下，可以看见多希长长的眉毛。多希说话的时候，眉毛动来动去。长长的眉毛在皱眉微笑的脸上画出曲线。

2

她认识多希的时候二十七岁，也就是八年以前的冬天。她是工作了三年的老员工，多希是一年制实习生。

那时，风力发电机工程进入收尾阶段。工程日趋紧张，现场经常出现各种问题。尽管有现场监督员，然而现场发生任何问题都需要总公司职员亲自确认，报告给总公司。

多希进入公司做实习生的几个月前，她就开始负责这项工作了。每天都要去工地了解当天发生的问题和民怨，再向组长汇报情况。有时只留在现场，不过每周也要跑几趟总公司，亲自汇报情况，参加会议。没有人喜欢这种麻烦又辛苦的工作，在她承担这件事之前已经换过好几次负责人了。当她主动要做这项工作的时候，人们惊讶不已，当然也很安心。

她经常工作到很晚。一个人做工作量很大，不过那个时期的她想用这种方式向人们证明自己的存在。

结束工作，驱车回家的时候，只有二十七岁的她感觉自己变成了老太婆。感觉入职之前的生活无比遥远，只记得那时的自己完全是另一个人。牺牲睡眠学习，通过无数考试，付出艰辛努力，最后到达的地方却是围海造田的工地，面对的是冲着自己大喊大叫的人们。她站在空旷的工地，只有三台庞然大物似的风力发电机在俯视着她。

每次往返于围垦地，她都要经过仁安大桥。

大桥两侧是辽阔的大海，远处有一些小岛。桥面铺装得很好，行驶在上面的时候，车轮温柔地碰触地面，犹如滑行。她喜欢这种感觉。如果有大风吹来，车身会剧烈摇晃，有时感觉就像穿过悬挂在半空的长路，心里顿生恐惧。

日落前后的大桥非常美丽。桥上悬挂的灯泡和竖在中间的路灯投下的光芒在或红或紫的天空下开出了路。太阳彻底落山了，看着通往远处的大桥，感觉汽车像在空中飞驰。小时候，她听说未来会发明出在天上飞的汽车。那时她想，天空应该成为云和鸟的家园，不能成为那样混乱的场所。现在她知道了，尽管已经建成的风力发电机有很多优点，对于天空飞翔的小鸟来说却是无法躲避的屠杀机器。

每次经过仁安大桥的时候，她常常陷入这样的思绪。精神半是蒙眬半是清晰，相互混杂，将她逐出必须面对的现实。

仅仅过了一个月的实习生活，多希就成了她的助手。多希精通汉语，便被派到现场，支援中国技术人员和合作企业的职员。多希不会开车，也没有公共交通开往工地。副驾驶席上坐着实习生，开车时间也不能彻底放松了，想到这里，已经决定让多希搭车的她不由得心情沉重起来。

搭车第一天，多希浓密的短发梳得整整齐齐，穿着优质的薄外套和干干净净的皮鞋。多希自然而然地上了车，仿佛以前坐过似的把黑色背包放在膝盖上。

谢谢您，前辈。我应该学开车了。

说完，多希从背包里拿出橘子，剥起了皮。车内立刻充满了橘子的香味。多希把橘子皮剥成碗状，一瓣一瓣地搁上果肉递给她。她拿起几瓣塞进嘴里说，可以了，不用再给我了。多希继续从背包里拿橘子吃，滔滔不绝地说起接受实习教育的事，以及和她一起工作的事。多希还说公司的饭很好吃。真是非常特别的经历。即使不怕生、性格外向，可是第一次和公司前辈单独相处就剥着橘子无拘无束交谈的人又能有几个呢。看着这样的多希，她想起刚进公司时的自己，想起在人前竭力表现的样子，以及后来的沮丧。

你穿这样会冷的。空旷的原野上风很大。

我在中国沈阳读的中学，一般情况下不怕冷。

风可不一样。头疼，嗡嗡响。

那怎么办呢?

对了，车后座上有个薄薄的睡袋。难受了就围上吧。

那天的风格外大。到了现场，她戴上羊毛织的帽子，多希把蓝色的薄睡袋围在肩上。两人下了车。

空荡荡的围垦地和巨大的风力发电机总是让她倍感压力。那里，一切都像是有生命的存在。土地、发电机、风都是这样。狂风大作的日子，那声音听起来犹如人声，下班之后还会出现幻听。白色的发电机就像高举风车、身穿白衣的人。

多希默默地仰望着发电机，仿佛在仔细观察感兴趣的对象。

从 1 号机巡视到 3 号机，多希始终保持着同样的表情。她和初次见面的现场负责人也能自然而然地交谈。多希不太在意别人，而且很容易就能融入人群。大大的眼睛里充满感情，说话时长长的眉毛不停地动来动去。很短的时间里也有丰富的表情，笑声像个孩子。

看着多希的样子，她想起两人第一次聊天时的情景。当时是跟新来的实习生们喝啤酒，多希的脸和脖子都彻底变了颜色。

不要勉强自己去喝。

听了她的话，多希愉快地笑了。那天她得知多希和自己同岁，准备了很长时间的电视台导演考试，不过未能如愿，去年放弃了。后来给多家企业投了简历，最终通过的只有这家企业的实习岗位。

看到多希在人前毫无顾忌地谈论这些信息，她觉得多希虽然很坦率，却不够成熟，行为有些轻率。在这种地方，没必要提前给对方看自己手里的牌。多希在实习生中年龄最大，而且是女人。这样的轻率之举对她没有好处。喝完酒后，多希懒洋洋地说话的样子让她有些不安。

不过和多希共事以后，她渐渐明白了自己对多希的担心是杞人忧天。多希的坦率并不是容易让人抓住把柄的草率。尽管坦率，然而她并没有降低自己，迎合别人。即使犯了错误，她也只是针对自己做错的部分干净利落地道歉，不会像自虐似的贬低自己。对于任何事都察言观色、保持低姿态的她来说，多希的态度也让她重新反思自己，反思那个首先自责、过分自贬的自己。奇怪的是，只要有多希在身边，她多少也能轻松地接纳自己了。

3

十字路口右转就是农协，多希总是站在那前面。坐上副驾驶席，静静地剥橘子，递给她。无论是晴天、下雪天还是下雨天，多希都吃橘子，仿佛进行某种仪式似的天天重复。

你家里种橘子吗?

妈妈的朋友种橘子。大概十年前吧，搬到济州岛去了。

多希揉搓着橘子，又说:

这是露天的橘子，看着有很多疤痕，外皮也厚，不那么漂亮，味道嘛……坦率地说，很酸。起先我感觉不好吃，可是吃着吃着，就觉得别的橘子不好吃了。请伸开手。

多希往她手心里放了几瓣橘子。

那位阿姨往我的出租房寄了一箱橘子。我没有冰箱，很为难，只能放在房间角落里。有时候什么都不想吃，就不得不吃一个。我还暗自生气呢，为什么要给我寄这种东西。

后来呢?

连续好几天我只吃橘子，没想到橘子是这个味道。一箱橘子吃完了，我也有了胃口。那位阿姨也真是的，又不是自己的亲侄女，不过是朋友的女儿罢了，还这么用心。

也许是跟你妈妈关系好吧。

年轻的时候做过同事。各自结婚后就分开了，也并不经常见面。我不知道这份心意从何而来。

多希说了母亲和那位阿姨如何保持关系的事。

从那以后，话题就分了几个岔。她很自然地倾听多希说话，像听广播。她知道了多希的奶奶、父母、多希的中国生活和多希遇到的人们，也了解到和多希在一起的动物们。这样看来，多希真是天生的故事大王。明明是悲伤而又孤独的事，她却转述成了轻松好笑的故事。

多希真幽默，她说。

开始大家都这么说，你真有趣，幽默。

多希的声音变小了。声音小了，声音本身也变得不同了。

接下来是失望。因为我不可能总是像人们期待的那样开朗。他们会说，啊，原来你是这样的人？然后就走开了。很小的时候就这样。

说完，多希无力地笑了。

所以，如果我喜欢某个人，为了不失去对方，我会勉强自己。我只想展现好的一面。

多希声音里包含的情绪让她觉得很亲切。

还有人说，多希你没有深度，浅薄，我受够了。

沉默中传来汽车驶过地面的声音。那个瞬间，她觉得多希跨过了职场同事的界限。

坐前辈的车，我情不自禁地说了这么多……多希说道。

没事的。

对不起。

没关系，放心吧。我喜欢，喜欢听你这么说。

嘴上这样说，她却怀疑自己的心。说是没关系，可是真的没关系吗？嘴上说喜欢，可是真的喜欢吗？她不确信。多希摧毁了两人的界限，她在心存感激的同时也不知道如何应对毫不设防地袒露自己的多希。

她在沉默中驶过市中心，向西驶去。经过公寓区和商业街，她们上了高速公路。中间不时出现隧道，经过最后的隧道就到了仁安大桥。驶过仁安大桥，驶过总公司大楼，再往西走就能看见围垦地了。

她和多希一起观看了发电机的试运行。两人站得很近，注视着发电机运转的样子。发电机上的发光体发出红光，叶片转动的声音混合着风声，仿佛响起带有固定节奏的声音。那个声音压迫着她们的心，可怕地靠近她们，却又让人感到爽快和自由。

那天回家的时候，多希对她说，大型机器让人觉得安心。多希说机器没有感情，感觉不到喜悦和悲伤，也没有焦虑，不会善变，也不会骗人，更不会隐藏自己或者每次变换模样，还是不易破损的坚固存在，所以看到发电机的时候会感到莫名的放心。

多希说，有一年她失去好几位最爱的人。那是准备导演考试后两年左右的事情。经历过那些事之后，她强忍悲痛参加学习小组，也会自学，回到家里独自哭泣。

当时的事还记得吗？她问。

只记得很少。参加媒体考试小组的时候，如果不能参加，就要说出不参加的原因，所以每次出事我都会坦率地告诉大家。

说到这里，多希低下头，说不下去了。沉默片刻，多希继续说道：

起先，小组的人们也安慰我，说我太可怜了。那年冬天，陪伴我三年的猫死了，人们对我说，多希啊，为什么你身边总是频繁发生这种事？为什么每次都是死亡呢？

多希从包里拿出纸巾，擤了擤鼻子。

公开招聘期间，大家都很敏感。小组成员不参加，每个人都有损失。他们似乎觉得我是为了不参加小组学习而说谎的。我那么努力地不在他们面前表现出悲伤，他们却怀疑我。

多希。

多希看着她，笑了。

这样说出来好多了。

多希剥掉橘子皮，给了她几瓣橘子。橘子很酸、很凉。她慢慢地吃完橘子，情不自禁地说道：

我也是……去年外婆去世了。

说到这里，她闭上了嘴。为什么要在这里说这件事呢。仅仅说了这一句，眼泪就夺眶而出了，这让她很惊讶。她忍着眼泪，继续开车。

她把我养大的。我也和多希一样，在公司笑，在车里哭。

说完，她很长时间都说不出话来。

因为是外婆，只能请一天假。又不是父母过世，人们觉得没什么大不了。这些事我都记在心里。

前辈。

多希把手放到她的胳膊上。

那天在车上跟多希说的话，仿佛早就期待被说出来似的在她体内呐喊，逼迫着她。事情已经过去，她说得很节制，然而身体却在说着不同的话。出汗，心跳加速，头痛，偶尔像当初那样流泪。

就这样，她们每天有两三个小时在车里专心听对方说话，她和多希不再是前辈和后辈的关系，也不是朋友、恋人，更不是偶然擦肩而过的人。两个人下车去工地的时候是同事，再上车的时候继续埋头倾听彼此的故事，结成了莫名其妙的关系。

唯一中断对话的瞬间是过仁安大桥的时候。汽车驶上仁安大桥，两人都不再说话。即使正在说着也会停下来，或者在看见大桥的时候结束对话。汽车驶过仁安大桥的时候，多希转向右侧车窗，认真看着外面。每天都看的风景——大海、小岛、晴朗的天空、日落、黑暗，多希却像第一次看见似的呆呆地注视着。

过了这个时间，她的心会分成两条岔路。必须区分公与私，一方面她知道自己在做愚蠢的行为，另一方面她又想和多希继续这样交谈。

和多希聊天的时候，感觉像是进入温暖的海水里游泳。一切都很自然，宛如温柔地包裹着身体的水。认识多希之后，她发觉以前的对话其实都是各自的独白。为了消磨时间，或者为了维持最低限度的社会关系，为了保护自己，那是她长大成人之后的全部对话。直到这时她才明白，当她想在自己听不见任何声音的安静房间里，彻底独处的时候，当她不想听见任何人声音的时候，内心深处依然隐藏着想与人交流的念头。

外婆是个什么样的人？多希问道。

嗯……小学二年级的时候，我们去郊游，玩寻宝游戏，我找到的字条上写着双层笔袋。我拿到奖品后，有个男孩要跟我换。我不愿意，那个男孩踢我，还抢走了我的笔袋。乘坐大巴回到学校，外婆在那儿等我。我把这件事告诉了外婆，说那个男孩打我，还抢了我的东西。外婆直接朝那个男孩和他妈妈走了过去。

然后呢？

刚开始好话好说，可是男孩的妈妈说自己的儿子不可能做这种事，激动得大吵大嚷，让外婆不要说谎。外婆说，你打开你儿子的书包看看，那里有两个笔袋，他抢走的笔袋是什么样什么样的。男孩的妈妈打开书包一看，那个笔袋露出来了。她把笔袋还给我就离开了，边走边说，老太婆怎么这么差劲啊？像看虫子似的看着我们。这时，外婆说话了。

外婆怎么说？

就因为有你这样的人，我才老成这样，还能是为什么！你这个……臭婊子。

说完，她小声笑了。

我忘不了外婆那时的样子。我看见她明明想用语言回击，还是有些害怕。“臭婊子”，说这句话的时候，外婆的声音变小了，好像是要哭出来的样子。不会骂人的人，结果骂出了最难听的话。每次想到外婆，我都会想起这件事。每个想要保护我的瞬间，她好像都很害怕，都需要鼓起勇气。胆小怕事的人，却不得不骂了句“臭婊子”。

前辈。

……

谢谢你对我说这些。

4

发电所开业仪式定在上午十一点，安排在可以远远看见风力发电机的户外场地举行。载有音响设备和讲台、椅子的卡车在九点左右到达。天气预报说当天是晴天，然而风很大，天空中布满了乌云。打开的折叠椅，很快就倒了。要是下雨的话，恐怕就更难进行了。可是没有别的办法，她和职员们看见椅子倒了，就再打开，扶起来，等待风停。

早在几周之前，她就和组员们、实习生们为开业仪式做准备了。联系场地，制作和发送请柬，写报道材料，制作横幅和宣传材料，联系专业翻译公司和图片摄影师、视频摄影师，还准备了客人用的观光巴士和户外活动用品。

活动时间快到了，市长、高级公务员、市政府议员、公司领导进入会场，报社和电视台的记者们也来了。身穿正装的男人们肩并肩站成一排，实习生把剪彩用的彩柱放置在两侧。彩柱上的五彩缎带拉开成“一”字的瞬间，两名身穿套裙的年轻女实习生拿着不锈钢托盘从两侧走过来，给大家分发剪刀。

看到这样的场面，她想起自己刚来公司时的情景。这里最年轻的女职员是谁呢？新职员到来之前，每次活动都是她负责送花束，人们将负责这项工作的新员工称为“送花女郎”。那时，她总是努力不暴露自己的情绪。因为她不想听到别人说自己不成熟，或者毛手毛脚。

原计划十一点开始、十二点结束的活动，到了十二点半还没结束。主要领导轮番登场发言，大部分都说了很长时间。如果麦克风效果不好，他们就往职员这边看，用平语问怎么回事。她顶着风，站在不知所措的职员们中间。

她经常看见冲着职员大喊大叫，用平语说话的人。同样让她疲惫的是从这些人口中说出的毫无意义而又陈腐的话语，无非是炫耀自己现在处于多么重要的位置，炫耀自己的特权，毫不掩饰地表达自己的感受，想说什么就说什么。

随后去酒店吃午餐。职员们分为两组，一组负责整理活动场地，另一组在酒店里招待客人。她先整理场地，再去酒店。赶到酒店的时候，她看见多希和金常务并肩站着聊天。走近时，金常务露出亲切的微笑，让多希把自己说的话翻译成汉语。他的话里透着的都是令人不快的幽默。她走到金常务身边，报告说活动场地整理结束。

对了，多希，你是智秀组里的实习生吧？

是的。

真是个有趣的女孩啊。应该是我们女实习生中年龄最大的吧，大概？

多希点了点头。

你要很虔诚地去做，不能稀里糊涂。

我知道了。

多希在金常务面前表现得过于和气，仿佛真心感激金常务对自己说这句话。多希努力给人事领导留下好印象的样子让她感到不适，至于这样吗？

那你们辛苦了。

金常务走了。她和多希收好活动现场剩下的水，走到窗前。

金常务的话，你不用太在意，她说。

我不会放在心上的，多希笑着回答。

多希望着窗外，用手指摸了摸嘴唇，口红已经抹掉了，只剩轮廓。窗外，很远的地方可以看到海平面。

我听组里的前辈说了，金常务喜欢前辈。

她不知道多希为什么说这些，心猛地一沉。

他们还说什么了？

还说前辈工作出色，做事果断，所以长辈们都很喜欢。

她的眼睛盯着远处的小岛群，猜测人们用什么态度说起自己和金常务。如果只是说这些，倒是无所谓。

活动进行了一整天，也许是太累了，多希在回家的车上一反常态地没怎么说话。风很大，行道树的树枝都朝一边倾斜，垃圾在空中乱飞。

我……刚才说的话……多希打破沉默，说道。

什么话？

人们在背后说前辈的话，我真的什么都没想。

那有什么。

她不以为意地说。多希迟疑片刻，说道：

前辈和金常务是截然不同的人。

我知道。

别的实习生，还有前辈们都说前辈是好人。

那就好。

汽车驶入仁安大桥，多希转头注视着黑暗中的点点微光。

她看着延伸到远处的大桥的灯光，思考着“好人”二字。

尽管也有隐隐被孤立的时候，不过同事们对她还是很友好。每天早晨都满脸笑容地问好，有时在电梯或卫生间里碰面也会高兴地打招呼。有时也邀请她吃午饭，公事上从来没有排斥过她。

即便如此，还是有些显而易见的瞬间：大家都收到同事的请柬，只有她没有；走进茶水间的瞬间，气氛发生了微妙变化；哪怕是微不足道的主题，同事们却不想和她单独交谈；虽然什么话都没说，可是有她在旁边，总感觉弥漫着麻烦和不适的气流。人们带着怜悯的表情看她，仿佛在说，你无法彻底融入我们的世界，我对此感到遗憾，可是不想帮你。

面对这些情况，她已经死心了，只盼所有的事情快快结束。虽然痛苦，可是活下来了。她知道什么是活下来。活下来就会消失。痛苦、煎熬的时间会消失。某个瞬间，她不再彷徨了。她以自己的方式进入他们的世界。一切都会改变，人都是善变的。从那之后，她仍然会失眠，睡眠质量很差，断断续续。偶尔她像惩罚自己似的喝醉，天亮之后在办公室里和大家谈笑风生。

快要驶过仁安大桥的时候，天上下起了雨。她打开雨刷。

我以前没跟你说过，我在公司里有点儿不合群。面对人群，很不自然。

多希转过头来看着她。

应该是我做得不好……我想了很久。现在还是会这样想，不过已经好多了。

前辈为什么断定是自己的错？也可能是别人不好啊。

是吗？

刚进公司的时候，她以暗淡的心态看待那些不肯接纳自己的同事。想到自己被好人拒绝，她感觉很痛苦，所以她宁愿相信是残酷的坏人看不起自己。不是他们拒绝自己，而是自己抗拒他们，这样想会减轻痛苦。他们本来就是没有价值的人。你算什么，看不起我？她从他们的面孔、声音、肢体动作，以及他们的存在本身之中发现了不能不厌恶他们的嫌疑。她每天都重复这件事，任凭自己的心变得千疮百孔。

那是在进入公司一年左右，她在电梯里遇到过金常务。他亲切地说，他知道她和自己毕业于同一所大学。

像智秀这样的新员工应该觉得委屈。和特招的高中毕业生一起，被打上了新人的烙印。

他流露出完全理解的表情，冲她笑了笑。

表面上看是同期进的公司，那都是形式。我们不把他们当后辈看，你不用担心。

他下去了。她看着自己映在电梯镜子里的脸。如果是以前听到金常务这样说，就算勉强想笑都笑不出来。然而现在他这样说的时候，她却分明感觉到安心，并且对通过这种方式认可自己的金常务产生了亲近感。他的话让她感觉自己站到了歧视别人的立场，这让她深感安慰。她在镜子里看见了包含着喜悦和安心的真诚的笑容。

也许人们看出了自己的丑陋潜力。我不是那样的人。我变成这样都是你们的错。她想这样说，可是这样的想法连自己都说服不了。

她没有告诉多希自己当时的样子。

5

发电所开业之后，她和多希又开始负责别的工作。秋天即将开始了。她负责出版与发电所有关的资料集，多希以助理身份参加了能源博览会准备组。

尽管多希也推辞，不过开业仪式结束之后她还是载着多希上下班。多希上了车，拿出切得大小适中的水果、糕点、坚果和面包等，放到她的手心。

那段时间，多希每周末都去图书馆做考试准备。实习期即将结束之际，公司会通过内部考试将三分之一的实习生转为正式员工。三个选一个啊。多希经常拿这句话开玩笑。三选一。落选的概率更高，却也让人心存希望。她祈祷多希成为那三分之一。

如果多希像自己这样在三年前进公司，那就可以毫不费力地通过考试。多希做了更艰难的选择，而这期间就业条件也变得更苛刻了。多希在过去的三年里付出了超人的努力，然而那段时间留给她的只有她没能正确判断形势的印象。现在的形势很难，即使没怎么经历过失败，每次都做出明智的选择，迅速具备企业需要的条件，也很难得到好的职位。多希没有具体诉说过自己怀着怎样的压力准备考试。

有一天在回家路上，驶过隧道的时候，多希说：

小时候，每次过隧道我都会憋气。

为什么？

听说只要憋着气通过隧道，心愿就会实现。

你许了什么愿？

早就忘了。

她转头看了看多希。隧道里的灯光掠过多希的脸庞，形成斑驳的阴影。

只记得憋气憋得难受，好委屈。

现在呢?

现在我已经不为自己祈祷了。虽然也有心愿，可我不会向任何人祈祷。

即将驶出隧道的时候，多希又说：

我祈祷前辈幸福，还要健康。

她说谢谢，然后看着前方驾驶。她闭着嘴巴，没有说出自己也希望多希幸福、健康。再次转头去看的时候，多希睡着了。

多希所在的博览会准备组的总负责人是个很冲动的人。每次都是在最后关头出尔反尔，不该插手的事情也要插手，常常搞砸本来做得很好的事，最后还要由实习生善后。她认为是负责人在利用实习生的不安心理。

即便是人人都有可能出现的失误，多希也会表现出不同往常的焦虑。往好了说是多希变得慎重了，从某种角度来说却是在持续的绝望中失去了自己的光芒。有时候，她会远远地看着多希怔怔地站在人群里的样子。为了迎合气氛，多希也会跟着笑、点头，可是看起来好像只是那个名叫多希的人的外壳。

她经常告诉多希不要太勉强，做事要灵活，别人的事情没有必要大包大揽，否则长此以往别人非但不会感谢，反而觉得理所当然。说过几次之后，多希笑着说：

前辈没有做过实习生吧?

调皮的语气里藏着真心。说完，多希转过头去，假装看窗外。

多希经常加夜班，她独自回家的时间变多了。多希和同组的实习生们迅速熟络起来，没有夜班的日子也常常凑在一起。每天上班的时候，多希也经常在车上打瞌睡。从那以后，凡是公司的事情，哪怕是小小的不满，她也不再对多希倾诉。每次看到焦虑不安的多希，她都对自己的位置有种淡淡的愧疚感。

没有实习生在场的时候，她们组的人也会谈论他们。谈论他们没有工作经验，很多时候会惹麻烦，做事速度也慢。这类不满常常以“我们还是得照顾实习生”的施舍语气结束。“我们”要帮助他们，引导他们。组员们也打听过她和多希的关系。反正是很可能离开的人，为什么还要对她那么好？她回答说，只是上下班同路，就让她搭车了。她想，如果自己和公开聘用的正式员工关系密切，也许就不会被问到这样的问题了。

距离博览会只剩两天了，多希还要加夜班。据说博览会宣传册上出现了错别字，需要用贴纸覆盖。往印刷厂送最终文件的人是多希，这件事自然就成了多希的责任。组长说要修改稿子，最后时刻弄出了错字，却把责任全部推给多希，自己下班了。几名实习生不得不留下，往五百份小册子上贴贴纸。

她想送多希回家，而且自己也有事要处理，于是留在办公室工作，等待多希。她想今天要把多希送到家门口。十一点左右多希结束了工作，来到她的座位旁。

前辈。

多希皱着眉头，带着特有的笑脸朝她走来。

没必要等我这么久啊，谢谢。

我也有事要做。

有可能更晚才能结束，那我就太内疚了。

多希露出真心觉得难堪的表情。

别的实习生看了也不好，好像我受到了什么特别待遇。

知道了，以后我直接走。

她若无其事地说完，笑着走出办公室，却无法掩饰凄凉的心情。她努力不因多希而失落。失落情绪本身就有暴力性，也就是说你应该按照我的意志做出反应。失落要比抱怨更浅，不如厌恶那么直接，然而这些情绪的距离很近。她不想对多希抱有这样的情绪。

汽车在黑暗中缓缓行驶。

前辈不累吗?

多希往她手心里放了巧克力。那是薄荷味的黑巧克力。

再过一个月，实习期就结束了。

是啊。

今天加夜班的时候……我在想，明年这个时候，我会在哪里呢。

说完，多希把脸贴在背包上。

三名实习生同时工作，明年三个人中间有两个不会在这里……我会这样想，啊，留下的一个应该是我才对，越想越急切。

谁都会这样，她回答说。

前辈。

嗯。

偶尔……我感觉自己像是在大水晶球上爬行的蜗牛。水晶球里面有漂亮的房子，有笑盈盈的人们，有成堆的礼物，一切都是那么幸福。可是我只能看，进不去里面。好像没办法进去啊。

她不知道怎样回答，犹豫片刻之后说道：

多希肯定合格，即使通不过，也会去更好的地方。

话音未落，她就感觉到有些不对劲儿，犹豫着刚要辩解的时候，多希说话了。

我想前辈可不是说空话的人。

不是空话。

我听起来是。

如果是这样，对不起。

嘴上这样说，她在心里却觉得多希的反应有些过分。就算这话听起来毫无责任感，毕竟也是祝她好运，让她放心，有必要表现得那么生硬吗？对于等到这么晚送自己回家的人，无论如何都不该说这种话。

是这样的，前辈……

多希呼唤她的声音在颤抖。多希迟疑了很长时间才继续说道：

几天前，我听到您和别的前辈说起我了。

什么时候？

多希没有回答她的问题。她不记得自己什么时候说过多希。

我这个人嘛，前辈，我并不觉得我们只是因为同路才一起上下班。

她这才想起自己回答别人问题的情景。只是因为方向相同，所以一起走而已。什么？不是的，没什么特别的关系。我就说嘛，都说媒体考试特别难。是吗？年纪大，怎么说也是不利条件。是吗？那个女孩在长辈面前非常懂事。她只是敷衍地回答别人的话而已，如果多希误会了，那情况就不同了。

多希，我……

我理解，这里毕竟是公司嘛。站在前辈的立场上，我也会这么说。

多希用手背擦着眼泪。我没想伤害你啊，我为什么要跟那些人说我们的事呢？她想这样说，然而喉咙火辣辣的，说不出口。事实上，那天她可以换个方式回答那些人。因为我和多希聊得来，所以走得近了。啊，我不想在多希不在场的时候谈论她的事。如果这样说了，对方就知道自己不喜欢接下来的问题，从而担心气氛尴尬而不再继续那些话题。

她犹豫不决的时候，汽车已经驶出了最后的隧道。那天她除了对不起，什么都没有说。积极做出解释会不会减轻多希的伤痛呢？后来她这样想过，然而与其说些听着像辩解的话，还不如利利索索地道歉为好。她没有改变自己的判断。她不想以自己的观点向多希解释她受到的伤害。

我心里怎样看多希，你应该是最清楚的。

到了多希家附近，她这样说道。

没关系，今天我太累了……

多希微笑着说完就下了车。好失落，怎么可以这样对我？我很受伤。她知道，如果是以前的多希，应该会这样说。当爱变成伤害返回自身的时候，人们通常会质问对方。如果人没有了期待，没有了留恋，那就会为了保护自己而锁上心门。对于多希来说，她是不值得期待的人了。

一起上班的最后一个月，两人都没有再提那天的事，仿佛什么都没有发生似的说说笑笑。这让她感到悲伤，不知道多希是不是也有同样的感受。

多希最后一天上班的日子，她把多希送回家。两人像往常那样装模作样地聊天。她让多希好好考试，希望还能继续同行。多希也说希望如此。

不过……今天毕竟有可能是最后一天，我的车友。多希说。

是的。

前辈。

嗯。

我们真的很有共同语言。

她点了点头。

我知道前辈很爱惜我，我从来没有给过前辈什么。

多希你……她犹豫着选择该说的话。

我……自从喜欢你之后，渐渐地对别人也有了点儿喜欢。这不是微不足道的事。

这样说的时候，汽车驶入仁安大桥。两个人像往常似的默默无语。她突然很想说话，说出那些没有告诉多希的话。

看到多希的眉毛，多希说话时自由地动来动去的眉毛，她会想，原来人有眉毛，原来眉毛好像和心灵相通啊。她还想说，其实她不喜欢吃橘子。多希剥掉橘子皮，一瓣一瓣放在她手上，她感谢多希的心意，所以说不出口。她还想告诉多希，最后她喜欢上了橘子。多希会不会说得更深呢，她有点儿恐惧。有时候，人们向别人袒露真心之后，会因为对方听到自己的真心话而心生憎恶。最初她不相信交谈越深入，彼此就越靠近。多希让她开了口，这个事实她无法忘记。最重要的是，她想告诉多希，不要远离自己。可是这些话，她一句也没说。

经过仁安大桥的时候，细细的雪花落在车窗上。两个人默默地坐着，注视着雪花变得越来越大。

下初雪了，她说。

驶过仁安大桥后，雪花变大了，视野骤然变亮。雪下大了，车辆行驶缓慢，到达市中心的时候，街上到处都是打伞的人。她小心翼翼地把车停在多希家附近。

那我走了，你路上小心。

多希打开车门，走上街头。她在飘着明亮雪花的黑暗里怔怔地注视着背着包匆匆走远的多希。多希始终没有回头。

6

自从在医院偶遇之后，多希又来病房找过她几次。有时停留三十分钟，有时坐上五分钟就走了。

前辈。

多希在床帘外面叫她。太阳快要落山了。

我可以进来吗？

进来吧。

多希身上散发着冰冷而清新的冬日气息。多希坐在陪护床上，穿着套裙和黑皮鞋，头发扎成马尾。以前多希因为头发多而苦恼不已，现在头顶部分有点儿空了。多希应该是直接从公司来的。她坐起身来，递给多希纸巾。

喝果汁吗？有番茄汁和橙汁。

多希摇了摇头。

那喝水吗？

她用杯子倒水，递给多希。多希一口气喝光了杯子里的水，然后用纸巾擦脸，擤了鼻涕。两个人默默地坐了一会儿。窗外传来急救车的声音。

很疼吗？多希小声问道。

手术有一段时间了，现在没事了。

还是和以前一样，仿佛在说别人的事。这种事前辈也只是轻描淡写。

是吗？

这种事还说不疼，那前辈什么时候才说疼呢？

她想说不知道，却说不出口，于是闭上了嘴。

人们告诉她很快就会好起来，很快会恢复。他们说没事的，一切都会过去。她也这样告诉自己，再忍一忍，听医生的话，一切都会结束。因为从来没人问自己疼不疼，所以自己也没问过疼不疼。

很疼吗？多希又问。

她望着多希，点了点头。

多希站起身来，静静地把手放在她的胳膊上面。看着多希这样，她隐约明白了，为什么时隔八年，她仍然常常想起当时的事。只有在和多希的对话里才有她袒露自己真实面貌的真心。不论心情多么狼狈，只要面对面看着对方，也就不会继续狼狈了。那时候的对话照亮了彼此。她默默地期待那段时间也能成为多希的光。

7

出院前一天，多希又来看她，在她身旁坐了会儿就离开了。但是，她和多希都没有询问对方的联系方式。她从多希的生命里退去，多希在她的生命中也是这样。出院那天下了很大的雪。回到家里，她站在卧室窗前久久地注视着雪花。落在窗户上的雪立刻变成了小水珠，落在地上的雪却以白色的光芒遮盖了大地上的事物。什么都不会消失。

她依然故我地生活着。

播种

“我们共同播种着小小的宅旁地。”

苏莉的文章就从这个句子开始。

她也知道苏莉在校刊举办的作文大赛中获奖的事。尽管她也很好奇写了什么，然而孩子固执地不给她看，还问她，谁家的孩子愿意给妈妈看日记。她表示同意，也就没再继续要求看作文。不过，想到苏莉竟然把隐秘到只在日记里出现的故事写成文章，还投稿给了校刊，她又感觉苏莉有点儿陌生。她从来没在任何文章、任何采访中谈论过最隐私的部分。

两周前，苏莉告诉她自己想退学。问及原因，苏莉犹豫片刻才回答说：“没什么，妈妈。”然后就起身走了。苏莉没再说起这件事，她也不好再次提及这个话题。她不愿去想这件事，然而每次假设孩子要退学的情况，她都感觉情绪很低落。正在这时，苏莉的班主任打来了电话。她从全部衣服中选出最端庄的藏青色两件套，化上淡妆去了学校。

班主任说苏莉是个谨慎的孩子，似乎不会轻易说出自动退学的话。老师补充说："我从高一开始教苏莉。"她小心翼翼地问老师，知不知道苏莉为什么想退学。她也知道老师不可能了解全部真相，于是问孩子在学校有没有受过什么伤害。她为自己和女儿不够亲近而自责。她似乎担心老师会责怪自己，作为妈妈，竟然没和孩子聊过这种事。

"她说想休息。"

老师低声说道。

"她说很累。还说自己像二十四小时不停运转的电脑，想着暂时切断电源。"

老师说苏莉做什么事都很踏实，从来不会敷衍了事。她点了点头，认同老师的话。因为苏莉从小就是这样的孩子。

"在家里怎么样？"

她在思考如何回答的时候，两人之间出现了尴尬的沉默。沉默时间长了，老师便岔开了话题。

"孩子并没有决定退学，不过作为母亲，我觉得应该知道孩子有这个想法。"

"是的。"

她丝毫没有反驳老师的念头，比如你对苏莉了解多少，凭什么对我这个当妈妈的指手画脚。因为正如老师所说，她不了解苏莉的心思。苏莉学习成绩好，同学关系也很融洽。这些都是苏莉的原话，她从不怀疑，也愿意相信。

面谈结束，准备离开的时候，老师开口说道：

"我在看电视剧。苏莉很为妈妈骄傲，还说这部作品一定要看。"

“苏莉吗？”

“是的。我不知道您有没有看过她写妈妈的文章，上次校刊征稿时写的。”

“她不让我看……”

“这里有一本，给您吧。”

老师从书架里拿出一本校刊，递给她。

“她是个心思很深的孩子。”

明明是表扬，她却开心不起来。告别老师之后，她在车上读起了苏莉的文章。她被文章深深地吸引住了，直到读完最后一句才发现自己哭了。

苏莉写了和他、她一起种植宅旁地的时光，三个人去地里干活、聊天、吃加餐的事。那是温暖而幸福的回忆。苏莉也平静地写了他的死，以及从那之后不再下地的事。

他去世时，苏莉还在读小学六年级，现在已经是高二了。过去的五年似乎为苏莉留出了空间，让她觉得自己的过去很小很小。不过五年而已，那时的自己完全像是另一个人，感觉当时的事情恍如梦幻。但是，苏莉没有忘记和他种地的童年，并且紧抓不放。苏莉用自己的语言还原了那些琐碎的瞬间。

不知从什么时候开始，苏莉不再提起他了。她知道苏莉这样做是不想让作为妈妈的自己难过，不过她喜欢苏莉的故作泰然和沉默。她不想总是回头看过去，不想在悲伤和痛苦之中浪费现在的时光。

苏莉还小，很快就会忘记。不要刺激。很快就消失了。她认为自己的咒语具有某种程度的力量。看着自己不再继续崩溃，不再受困于情绪而搞砸了工作，她感觉有些安心。她也相信，这是他想要看到的状态。因为最不想看到她总是想起自己，悲伤、难过、痛苦的人，就是他了。

他比她大十五岁。从她八岁开始，他就代替去世的母亲实质性地充当了父母亲的角色。每天早晨做饭烧菜，准备便当，辅导她做作业，笑着听她叽叽喳喳讲学校里的事。每当想起他的时候，她最先想到的就是他的笑脸。笑的时候，嘴角和眼角露出浅浅的皱纹……笑声那么响亮。无论她在外面遇到什么事，回家之后都会告诉他。如果他面带笑容看着自己，她就感觉放心，无须多说什么。

“舅舅喜欢我，经常冲我笑。”

她久久地注视着苏莉的这个句子。她努力回想最后一次看到他的笑脸是什么时候，却怎么也想不起来。

他离开之后，她依然久久地沉陷于他最后的模样。顶着毛栗似的短发从部队休假回来的样子、陪着妈妈在空地上打羽毛球的样子、辅导自己功课时的样子、在韩纸店工作的样子、耕种宅旁地的样子、站在镜子前数白发的样子、陪苏莉玩耍的样子，全都被那瘦弱而痛苦的身影挡住，看不见了。看存在手机里的照片也变得困难。她不想看了。

苏莉对他却是记忆犹新。在苏莉的文章里，他用铁锹熟练地翻土，培成垄沟；他拿着锄头除草，收获结实而又香喷喷的西红柿。苏莉玩土，他也不阻止，还拉着苏莉的手，让她把土豆种在地里。“舅舅，我想浇水。”他就拿起喷壶在旁边喷水，仿佛苏莉在喷水。他会做三明治、冰镇米浆、饭团，和苏莉分享。

“敏珠，过来帮帮我。”

起先他说需要她帮忙，带着她和苏莉去了宅旁地。那时她和丈夫离婚，带着五岁的苏莉去了他的家。她说要打扰些日子。他说住到什么时候都行，然后像她小时候那样去买菜做饭、烧菜煮汤，让她和苏莉吃。为什么和丈夫分手，今后有什么计划，他什么都没问，反倒说让她给自己帮忙。

跟着他走了大约十五分钟，眼前就是宅旁地了。地方不大，光线充足，看得出来他花了心思。他像介绍朋友似的告诉她和苏莉，这些都是冬天种植的作物。

“这是冬葱。最冷的时候种下的，几乎都活了。”

“这是大蒜，冬天也长得很好。”

苏莉很不情愿地看着那些绿色蔬菜，突然把视线转向黄色的花朵。

“那是水仙花。苏莉来的时候种的。”

那天他们种了皱皱巴巴的豌豆和红土豆。这是开端。从那以后，平日傍晚或周末去宅旁地就成了他们自然而然的日常生活。他用收获的农作物做食材。无论是茄子、生菜，还是南瓜、西红柿，只要苏莉想吃，他都会挑选没有疤痕、最新鲜的。

苏莉写道，每当痛苦或疲惫的时候就会想起那段往事。跟着舅舅在小小的农田地里种植和收获时的快乐、一起说过的话、泥土和青草的气息……可是这些记忆一天天变淡，消散，现在连舅舅的声音都想不起来了。努力回忆舅舅的声音，可是怎么也想不起来，难过极了。苏莉写道，趁着记忆还没有变得更模糊，应该写成文字留下来，于是情急之下就写了这篇文章。

苏莉说，他离开之后，自己几次提出再去种植宅旁地，然而每次她都说没时间。卖掉，卖掉，一直这样想，后来既没卖掉，也没想过重新种植。不知从什么时候开始，苏莉不再提宅旁地的事了，也不再读记录宅旁地种植情况的笔记本，更不会在她面前摇晃装在方形塑料袋里的农作物种子。苏莉没在文章里提及想回宅旁地的想法。

苏莉是这样的孩子，想要什么从来不说，也不会纠缠。带她去超市，让她挑选喜欢吃的东西，三岁的孩子拿来一盒三百韩元的口香糖。当时她二十多岁，只觉得苏莉好乖。和他一起生活后，她炫耀说苏莉不像小孩子，从不纠缠，也不要什么东西。他满脸惊讶，什么也没说。然后他问苏莉，苏莉你想吃什么？想做什么？苏莉回答说，随便什么都行。不，你真正想吃的东西是什么？他又问。随便什么都行。这不是答案，苏莉。他这样说道。

妈妈，我们什么时候回家？她还记得苏莉这样问的时候，他是什么表情。尽管努力不表现，然而他的表情比任何时候都暗淡。

她从小就喜欢逗他笑。虽说是想看他的笑脸，不过也是因为她在无意中知道他是个悲伤的人。她相信搞笑的话语能够减轻他的悲伤。她那茫然的感觉随着时间的流逝变成了事实。他不适应社会，总是不合群。经营韩纸店之前，他每份工作都做不长久，也融入不了人们的聚会。

人们常说，他和她是截然不同的性格。不过他和她都知道，他们有着同样的天性。她觉得他也很容易看出自己的悲伤。

那天，他们哄睡苏莉，终于吃上了晚饭。她刻意开起了玩笑。他先是淡淡地笑，后来笑容从他脸上消失了。她突然感到害怕。

“有什么事吗？”

她问。

“没有……”

“那你的脸色怎么这样？”

“你……来这里后，好像没有好好休息。”

他盯着她的脸说道。她还记得他说这句话的时候，自己的心揪得很紧，很沉重。她脸上的笑容也消失了。他们默默地吃饭，谁也不说话。终于，她开口了：

“哥哥。”

“嗯。”

“我……有那么卑鄙吗？”

“什么？”

“关于结婚的事。”

他皱了皱眉，看着她。

“吃饭吧。”

“……看来哥哥也这么想。”

“我知道你很难。”

“……”

“我怎么会觉得你卑鄙呢。”

他凝视着她，脸上没有笑容。

“你肯定对我很失望。”

他摇了摇头。

“敏珠，你现在还活着，不是吗？”

他直直地注视着她，说道。

“这就够了。”

她避开他的视线。他又说道：

“这就够了，敏珠。”

从苏莉的学校回来，她开始整理书房。往常整理房间总会感到痛苦，那天却没有。班主任老师说苏莉很累，那句话刺痛了她。苏莉连累了都不能告诉自己吗？整理完书房，她再次阅读苏莉的文章。苏莉的记性很好，往事都能记住，不说谎。读着苏莉的文章，她又感觉当时的很多回忆被苏莉美化了。不是歪曲事实，苏莉看待那时的视角就是这样。她想如果回头细看，也许在苏莉看来一切真的是那个样子。

苏莉喜欢去宅旁地，首先是喜欢摸土，喜欢在种田这件事上自己也能出力的感觉。戴着宽檐帽，皱着眉头专心干活的小小的苏莉。很长时间以来她已经忘记了这张脸。作物生长，开花结果的时候，苏莉发出了怎样的感叹，她也忘记了。尽管每次看到苏莉小腿上白色的伤疤，她都清晰地想起发生在宅旁地里的事故。

那是苏莉八岁时的事。锄草的时候他临时走开了，问题是他放在地上的锄头。偏偏是锋利的锄刃朝上，苏莉倒在了上面。孩子大声尖叫着坐在地上，呆呆地看着小腿。直到她走过来，苏莉才被妈妈惊讶的样子吓到，开始大哭。她奋不顾身地背着苏莉奔跑。正在翻后备厢的他看见她这个样子，吓得面如死灰。

“最近的急诊室在哪里？”

她的声音很低，感觉耳鸣，视野变窄。

“苏莉。”

他走过来，试图查看苏莉的状况。

“我问你急诊室在哪里。”

她坐到汽车后座。鲜血还没止住。他坐上驾驶席，发动汽车。她抽出纸巾，为苏莉的伤口止血，说道：

“孩子也在，怎么能那样放锄头啊？”

她明知道他已经后悔了，却还是这样说。

“对不起。”

“万一留疤怎么办？你脑子正常吗？”

苏莉看了看她。不要说了。苏莉用眼神示意。打破伤风针的时候，缝伤口的时候，苏莉紧紧闭着眼睛，忍住疼痛。处理完毕，她回到停车场，看到等在那里的他，像看透明人。他问什么，她就简短回答，然后沉默。很长时间，她就那样冷冰冰地对他。每次提到苏莉的伤疤，她就像有特权似的残忍地跟他说话。

她知道，他是永远都会败给自己的人，无论自己怎样残忍地对他，他都会忍耐。尽管她也很心疼，可还是这样对他。现在后悔也没有用了。无论采取什么方式，过去的事情都无法挽回。

太阳落山前，苏莉回来了。洗完手，从冰箱里拿出乳酸菌喝，然后坐在四人餐桌旁玩手机。有话要说的时候，苏莉就这样坐在餐桌旁等她。

“你们班主任挺不错。”

她坐在苏莉的对角线位置，说道。苏莉的眼睛仍然盯着手机。

“你和老师聊了不少吧。”

苏莉把手机扣在餐桌上，盯着她看。她感觉苏莉对自己有着隐隐的愤怒，突然有些恐惧。为了掩饰恐惧，她努力做出从容的表情。

“听说你很累，想休息。”

苏莉没有回答，转头去看厨房的墙。

“如果想休息，辅导班可以全部停掉，至于退学……”

“不是这样的，妈妈。”

苏莉的视线重新转向她。

“不能告诉我吗？”

苏莉冷冷地笑了。

“不用你管。”

“苏莉。”

“不是什么大事，真的。”

苏莉像大人哄小孩似的回答。什么时候长这么大了？她回望自己错过的时光。两个人之间，忍耐和等待的人似乎总是苏莉。

苏莉早早就懂事了。从小学三年级开始就在家里找事做，洗碗池里有脏碗，她会迅速洗干净。垃圾袋满了，她就哼哧哼哧地倒掉。大人不在家，她会自己做饭。看着这样的苏莉，他却高兴不起来。有一天，他担忧地问她，苏莉是不是在看自己的脸色。

“一个人也能做好，苏莉长大了。”

来家里玩的他们的姨妈这样说道。他的脸色却黯淡下来。

“苏莉还是个孩子。”

他斩钉截铁地说道。偶尔苏莉不耐烦或者任性的时候，他也从不批评。

“这样下去孩子会废掉的，哥哥。”

那时候她觉得很平衡。他承受苏莉的负面情绪，她负责教导，这种方式的平衡。尽管算不上正确的育儿方式，然而她和他都对苏莉尽力而为。至少努力不让她成为像他们父亲那样的人。

父母随口说出的话对年幼的子女具有多么巨大的破坏性，父亲知道吗？她想起被暴力语言熏染的童年夜晚。“滚出去死吧，你这样的东西活着干什么，干脆死了算了。”父亲的话语变成她内心深处的声音，直到四十多岁的今天依然如影随形。父亲经常自豪地炫耀没有动手打过她，然而看着遭受父亲毒打的他，她宁愿挨打的人是自己。因为那样的话，心痛会减少许多。

她八岁那年冬天，他把街上的流浪狗带回了家。那天很冷，他说狗跟着自己，没办法置之不理。嘴角是黑色的干瘦黄狗。年幼的她抚摸着狗，心里惴惴不安，不知道父亲回来会发生什么。深夜回家的父亲冲他们大喊：“要是觉得狗可怜，那就出去跟狗睡。”她按字面意思理解父亲的话，拿上自己的被子和狗去了公寓走廊。他也跟着出去了。父亲当着她的面打了他的耳光，然后把狗赶出了小区。

他习惯在说话之前先使劲挤两下眼睛。他摸着被打肿的脸颊，不停地挤眼睛。她等他说话，然而他只是不停地挤眼睛。她从走廊栏杆的缝隙间眺望小区广场。狗不见了。

她从小就学会了不出声地哭。只要尽可能地闭紧嘴巴，吞咽口水就行了。眼泪流下来，赶紧用袖子擦干净。她埋怨把流浪狗带回家的他，埋怨没有阻止自己拿着被子去走廊的他，埋怨挨打时发出气球爆炸似的可怕声音的他，埋怨还对流浪狗抱有希望的他。她这辈子都以这种方式无理地埋怨他，有时以他为耻。

如果说此前的人生都是练习游戏，而能够回到正式游戏开始，他带回流浪狗的那天，那么就算被拳打脚踢，就算被摔到墙上，她也要为了他而反抗父亲。她想陪着他哭。

然而这些都只是无谓的想象罢了。哪怕是死了，哪怕是重生，她也希望自己能够表达出这份感谢和歉疚，然而她知道这不可能。她的心里只剩下单纯的真相。真相就是如今他已不在人世，她也无法报答他对自己的心意。真相就是一切都无法挽回，她对他的心意只能成为抹不去的后悔和内疚。

“没有什么会彻底消失。”

她突然想起他的话。

“不，死亡就是结束。”

她像责怪他似的反驳道。

“妈妈分明……”

“因为懦弱才会这样想，因为清醒的时候无法忍受，因为不理解，因为没有勇气去接受。”

“你也有可能挨打，因为谁都不知道。”

“是吗？我不相信。我觉得很卑鄙。”

事实上，她很羡慕这样想象的他，现在依然羡慕。即使爱的人消失了，即使身体化为灰烬，仍然相信那个人以另外的方式存在。她羡慕那时他的乐观。无论怎样努力，她都无法拥有他那样的思考方式。她认为这种不科学的信仰和自我欺骗没什么两样。

他呼出最后一口气的时候，那是她和他度过的最后瞬间。她认为不用别人塑造的陈腐想象粉饰离别是对逝者的尊重。

“为敏赫的灵魂祈祷，敏赫会在天堂里保护敏珠的。”

姑妈在葬礼上这样说的时候，她情不自禁地苦笑。

“我不相信这些。再说哥哥还要照顾我到什么时候？”

哥哥，可能你不相信，如果真的有那东西……如果真的有灵魂存在，你不要再在这里停留了。什么都忘掉，走得远远的。看都不要再看这边。她边哭边想。

她从他那里得到了很多很多。如果没有他，也许她痛苦的婚姻生活到现在都无法结束，作家梦也早就破灭了。他相信她的选择，支持她的选择，最大限度地帮助她养育苏莉。他兑现了承诺。她在大学前辈的辅导班打工的夜晚，他来照顾苏莉。他恳求三十多岁的她不要放弃作家梦。送苏莉去幼儿园后练习写作的时候，他告诉她不能做任何家务。你要珍惜时间写作，你要多为自己考虑。她照做了。

几年后，她终于凭借第一部独幕剧出道的时候，他截屏了写有“作家李敏珠”的电视剧片头，装裱起来挂在韩纸店里。摘掉挂在狭窄空墙上的钟表，挂上相框。她嘴上责怪他为什么要挂这个，马上撤掉，却又为他的心意流泪。他不是那种什么事都炫耀的人。他不喜欢表现自己。但是，他急不可待地向别人炫耀她，告诉别人他妹妹是这么厉害的人。好像她成了什么了不起的作家，成了什么特别的人物。

她的笑话目录里总是收录着他六十大寿的故事。这是她夸张地取笑他比自己大多少岁的方法，却从未想过他没能迎来花甲之年。

住院之后，他听医生说明病况。他说自己会好起来。她从他的眼睛里读出了执念。他说他想尽可能，尽可能活得长久。只要好好听医生的话就行了，让我做什么都会做。

治疗在继续，即使大白天他也不停地睡觉、醒来，反反复复。身体像火球，她不停地用湿毛巾擦他的脸。他从不说疼，疼痛却写在身上，写在脸上，藏在声音里。吃饭的时候，他只喝几勺汤就吃不下去了。她熟悉的表情消失了。偶尔也有状态稍微好转的时候，每当这时，他只是静静地看着她。她开玩笑，他才露出淡淡的微笑。

“哥哥好讨厌。”

她对躺在病床上的他说。他没有回答，而是挤了挤眼睛，示意她继续说。

“现在也一样。讨厌，不好看。”

“好的……”

他的脸上泛起淡淡的笑容。那时病情尚未急速恶化，还可以说话，可以微笑。

“哥哥不是常说嘛，永远站在我这边，永远帮助我……”

他眨了眨眼睛，泪水从眼眶里滑落。

“对不起。”

听他说完，她把脸埋在他的床上。

走廊上传来人们低声说话的声音，还有吹进窗户的风声。外面下着大雨。

“敏珠。”

“嗯。”

“你的痛苦，我帮你……带走。”

她只是盯着他看。

“放在这里。”

仿佛她的心是什么物品，他向她伸出手，似乎是让她放入自己的故事。

她拉着他的手，摇了摇头。

他闭上眼睛，不一会儿就睡着了。红通通的脸上，白发像玻璃纤维似的闪闪发光。她仍然紧握着他的手。

从那之后，一切都变了。他失去了语言，失去了淡淡的微笑，只能发出不知所云的声音。最后，这样的声音也消失了。

她觉得不合理，而且深信他也是这样认为的。他认为通向死亡的路艰险却有意义，死亡并不是终点。他渴望活下去。活着的时候对任何事都没有特别欲望的他，还想继续活下去。如果他表现得很超然，如果他顺从地接受，那么她对那个瞬间的记忆会不会有所不同呢？

所有的治疗都停止了。最后三天，他没有意识。从他住院之后，她第一次带着苏莉来医院。还有意识的时候，他不想让苏莉看到自己的样子。

“别害怕。”

她几次警告苏莉。

看到躺在病床上的他，苏莉没有犹豫不决，也没有害怕。苏莉跑过去抱着他，哭着说：

“我在等你啊，舅舅，我在等你。”

“时间长得让人无法相信。时间不动了。”

她的视线又转向苏莉写的那句话。

那句话，让她想起自己等待妈妈的那三个月的童年时光。不能直接回家，背着书包四处游荡，尽可能拖延时间。看着邻居的孩子们嬉笑玩闹，她知道自己离开了那个世界。直觉告诉她，再也回不到和那些孩子一起玩沙子、一起荡秋千的时光了。

整个世界都是灰蒙蒙的。没有人告诉她发生了什么，那是她第一次感到茫然。茫然的恐惧，茫然的悲伤，茫然的孤独，一切都摸不到，那段时间似乎永远不会结束。所以，每天放学后她都不直接回家，而是在路上转来转去。她想这样拖延时间。

那时她八岁，他二十三岁，刚刚退伍复学，却又因为母亲生病而休学。他和姨妈轮流照顾母亲，这是她长大后才听他说的。父亲和别人通电话的声音，偶尔回家的他熟睡的样子……茫然渐渐变成了清晰。每次呼吸的时候，家里常年不散的压抑的气氛便穿梭于她的身体，将她唤醒。

他说她还太小，不能去医院。他说医院病菌太多，不能去。有一天，他却带她去了走廊尽头的病房。她记得自己在打开病房门之前瑟瑟发抖，心跳加速。打开门，她看见坐在窗边病床上的母亲，母亲不再是她熟悉的样子。她身体僵硬，站在门口。

母亲几次招手让她到自己跟前，她还是站着不动。母亲转头去看窗户，身体在颤抖。她满怀恐惧地缓缓走向母亲，身体僵住了，什么话也说不出来。“敏珠啊……敏珠啊……”听着母亲粗糙的声音，她喊不出那声妈妈。

“敏珠呀，起来。”

她跟着哥哥参加了葬礼。在那里，她知道大人也会像小孩子似的痛哭。她还看出大人们担心自己的同时，也怀着某种好奇观察自己。“小孩子什么都不懂。”人们看着坐着发呆的她，这样说道。

那天过后，她还是拿着鞋袋，选择最远的路回家。她没有告诉任何人，她还在等着妈妈。“敏珠啊，等了很久吧？听说有点儿小误会。”她想象和蔼可亲的妈妈这样说着话，开门进来的情景。“是吧？你看，我就知道是这样！他们说妈妈不在这个世界了，我觉得不可能。”通过这样的想象，她永远地推迟了自己应该感受到的心情。直到现在，她依然在梦里等待某个人。从梦中醒来的时候也是。她发现自己在等待永远不会回来的人。

朋友把手机放在家里，迟到二十分钟的时候；恋人说等会儿再给她打电话，稍等，然后忘记打电话的时候，虽然她没说什么，心里却受到了很深的伤害。没有期限的等待，就像被抛弃了。她流泪了，却又觉得没人能理解这种心情，只好忍耐。

过去的一周里，她每天都读苏莉的文章，每次都会发现新的句子。她久久地停在那些句子上面。

晚上十点，从数学辅导班回来的苏莉开门进来。她等待苏莉洗完澡，换上睡衣。苏莉喜欢在洗澡之后换上睡衣看电视。不一会儿，苏莉来到客厅，穿着灰色和红色混合的条纹睡衣。刚买的时候有点儿大，现在苏莉长大了，正好合身。苏莉躺在沙发上面，拿着遥控器换频道。她走到沙发前面，坐下来。苏莉选定了销售旅游套餐的电视购物频道，注视着电视。

“退学的事，考虑了吗？”

她盯着电视，小声说道。

“我没听清，你说考虑什么了？”

她转身朝向苏莉那边，稍微提高了嗓门儿。

“你说要退学的事。”

“我不是说不用你管吗……”

苏莉坐了起来。

“你要是想，那就退吧。”

她说。苏莉惊讶地看着她。

“还记得吗？你舅舅经常问的。”

她想尽量说得轻描淡写，可是刚刚开口，突然就哽咽了。

“苏莉，你想做什么？如果你回答说随便……”

她说不下去了，咬着嘴唇，紧紧闭上眼睛。

“他会说，随便可不是答案。”

苏莉接着她说不下去的话说道。

“对。”

她忍住眼泪，看着苏莉。

“你可以不告诉我为什么。”

“……”

“有件事要拜托你。”

苏莉和她再去宅旁地的时候，那片地已经变成了垃圾场。用完的丁烷气罐、烟头、罐头、一次性塑料杯、大大小小的水杯、一次性筷子、吃剩的鸡骨头、口罩、烧酒瓶、啤酒瓶、碎玻璃片、没有轮子的自行车、大碗面包装、长靴、狗屎，垃圾形形色色。天气尚冷，杂草还不是很茂盛，这也是不幸中的万幸了。单是清理垃圾就用了大半天时间。

天气转暖，她们运去化肥、石灰和硼砂，均匀地撒满整片田地，再用铁锹翻土。前一天刚下过大雨，很适合耕作。然后用铁耙敲碎土疙瘩，耙得平平整整。她们查看了他房间里剩下的种子。萝卜种子映入她的眼帘。

她们选定日子，平整土地，打上垄沟。参考他干活的情景和他留下的笔记，笔记上面详细记录并画下了农事过程。打好垄沟后，她拿出了萝卜种子。

“伸出手来。”

她把萝卜种子倒在苏莉的手心。两人久久地注视着小玻璃珠似的种子。乍看好像都是紫色，仔细看会发现有的是褐色，有的是红色，有的是深紫色。

“每个坑里放两颗就可以了。”

她用小木棍在地上挖坑，苏莉将萝卜种子放进坑里，然后盖上泥土。仿佛姿势稍稍散漫就会搞砸，她们没怎么说话，小心翼翼地干活。播完种，苏莉拿起喷水壶，往垄沟上浇水。她静静地跟在苏莉身旁。

干完活儿，她们蹲在树荫下望着田地。

“真的会长出萝卜吗？”

苏莉问道。她知道，这句话前面省略了“舅舅不在了”。

“应该会吧？好好照料的话。”

“是这样吗？”

“嗯。”

这样回答之后，她习惯性地看向苏莉的小腿。苏莉注意到了。

“个子高了，腿也长了，伤疤变淡了。”

苏莉用手指摸了摸腿上的伤疤。

“还记得那时候吗？”

她问。

“嗯。”

“很疼吧？”

“当然了，特别疼。那时舅舅……”

说到这里，苏莉闭上了眼睛。

“舅舅……”

苏莉没有继续说下去，抬头看了看她。仿佛在问，你不知道我要说什么吗？她点了点头。苏莉抚摩着伤疤，说道：

“不过我希望……这个伤疤不要消失。”

说完，苏莉把头靠在立起的膝盖上，闭上了眼睛。凉爽的风吹向苏莉和她，响起了风掠过嫩叶的声音。每当树枝摇曳，春日的阳光就令人两眼发热。她也学着苏莉的样子撑起膝盖，头靠在上面，闭上眼睛。希望它不要消失……即使不希望，那个痕迹也不会消失，她在心里说道，想象着长满绿色萝卜叶的宅旁地，等待着将要到来的阳光、雨、风和小昆虫。

写给
姨妈

1

我出生那年，妈妈二十三岁，姨妈四十五岁。因为年龄相差太多，我们三个人在一起的时候人们会把姨妈当成我的姥姥。当时，那个年龄当姥姥的人不在少数，而且姨妈的确比同龄人显老。

“这是希珍的姥姥吧？”

姨妈并不纠正别人的想法。有时即使没人问，她也会主动介绍说“我是希珍的姥姥”。我问她为什么说谎，姨妈说等我长大了，自然就会明白。

我出生不久，姨妈就住到我们家了。我在家里叫她姨妈，然而在外面不会刻意使用称呼。如果姨妈在远处找不到我，我就会喊“在这里”“是我”。十岁那年我得了重感冒，声音变粗了，几乎没有女孩子用那样的声音说话，只要我那么喊，她就知道是我。

姨妈的房间很小，再加上衣柜，剩下的空间勉强够她躺下来。本来就没几件衣服，衣柜在屋子里显得太大了。相比我们的生活水平，姨妈的衣服都很贵。姨妈最钟爱的冬季外套牌子竟然是博柏利[1]。姨妈说与其买好几件便宜货，不如买一件好的。妈妈认为姨妈是虚荣心作祟，表示无法理解。姨妈的打扮也有别于同龄女人。姨妈穿黑白色的衣服，一直留短发，脚上是洗得干干净净的白色运动鞋。左手腕戴的是有黑色皮链的方形手表。她不化妆。姨妈说我的书包和外套也不能买便宜货，为此经常跟妈妈发生争执。真正养育我的人是姨妈，所以妈妈对姨妈的固执也无可奈何。小时候，我经常穿着反映姨妈喜好的端庄的黑白色衣服。

我可以在纸上密密麻麻地写出姨妈讨厌的东西。跳舞的人、艺人们嬉笑打闹的电视节目、挽着胳膊走路的恋人、短裙、在路边唱歌、用口香糖吹泡泡、喜欢小狗胜过孩子的人、放肆的笑、这也喜欢那也喜欢的态度、喝醉的人、轻浮的人……

还记得我和妈妈看艺人表演脱口秀的时候，姨妈总是冷冰冰地看着我们。姨妈基本上拒绝了大部分可以称作生活乐趣的东西。姨妈对我要求很严格。我小时候爱哭、敏感，姨妈却不接纳我这与生俱来的特点。每次我哭的时候，姨妈都会像警告似的冷漠地说："你希望将来长大了，人们都看不起你，不把你当回事吗？"

"想哭就找个没人的地方哭。关上房门哭。哭哭啼啼哀求别人接纳你的情绪，没有人会喜欢。"

1　博柏利（Burberry），英国奢侈品品牌。

现在我知道，姨妈这种养育态度存在很大的问题。姨妈的态度近似于生气地撒手不管。当然，我写这些的目的并不是评判姨妈。因为这样的评判太容易了。我不想以这么简单的方式谈论姨妈。

姨妈绝不会亲我的脸，也不会紧紧地抱我。尽管这样，我还是凭借动物本能知道姨妈喜欢我。我有自己的房间，不过我经常去姨妈的房间里睡觉。我拿着枕头进去，姨妈就轻轻掀开被子，做个小窝。我钻进去，姨妈用手心轻轻拍打我的背。这是姨妈对我表现出的最大限度的爱意表达。

每天早晨，姨妈的收音机里都会播放古典音乐。我比姨妈起得晚，每次从被窝里探出头来，总能看到姨妈听着音乐，阅读从图书馆借来的书。姨妈主要阅读土黄色精装版的世界文学全集，或《三国演义》这种已故之人写的书。识字之后，我也会背靠大衣柜，坐在姨妈旁边读书。到了高年级，姨妈说我不再是小孩子了，应该读些水平较高的书。于是我开始挑选图画较少，或者字号很小的成人书籍，很多时候我都无法理解书上的内容。尽管这样，我还是喜欢和姨妈一起读书的时光。

那段时间，我曾努力讨好自己喜欢的朋友。怎样才能让她开心，怎么才能获得她的关注呢？姨妈这样对我说：

“希珍，我不希望你取悦别人。你是女孩子，不要想着取悦别人，而是要让别人怕你，这样要好得多。”

那时我不理解这句话是什么意思。长大之后，我常常想起这句话。姨妈总是以这种方式，不经意似的向我传达她的希望。我也知道姨妈为我骄傲。如果我在月考中取得好成绩，姨妈会拉着我的手去市场，跟别人谈我的事。

“希珍班里只有她一个人得了满分。是的，她一个人。这孩子真不简单啊。”

这样的日子里，姨妈会让我挑选爱吃的零食。平时姨妈绝对禁止我吃糖果或巧克力之类的甜食。她说吃这种便宜货有损健康。如果有开心的事情，姨妈也允许我吃“便宜货”。

尽管我们在同一个屋檐下生活了很久，然而我们之间毕竟隔着时间的高墙。我不知道在我出生之前，姨妈过的是什么样的生活。

很小的时候，我跟着姨妈去浴池。我看见她的肚脐下面还有个小小的肚脐。她给我搓背的时候，我问：“姨妈为什么有两个肚脐？”她板起脸，指着肚脐下面的孔说：“这个地方做过肚脐手术。”“那是什么？”我问。她说：“做了这个手术，就不会再生孩子了。”然后继续给我搓背。我完全不理解她的话，却感觉到了她说话时的情绪。姨妈很悲伤，她的悲伤有着我不知道的分量。

姨妈带着年幼的我去过很多地方。直到现在，我依然对某种瞬间记忆犹新。那天是姨妈和妈妈的表姐过六十大寿的日子。宽敞的宴会厅里有练歌房设备，主持人穿着韩服唱歌，客人们翩翩起舞。喧闹的音乐、乱糟糟的气氛……我知道姨妈最讨厌这样的场合。

我穿着姨妈帮我挑选的灰色毛织连衣裙，慢吞吞地吃着盘子里的食物。主持人把麦克风递给客人，让大家唱歌，众人跟着歌曲跳舞。气氛达到高潮的时候，主持人开口了：

“还有人没唱歌吗？”

“那边，我的表妹。”

已经喝醉的寿星指着姨妈，从主持人手里接过麦克风，说道：

“淑姬啊，姐姐六十大寿，唱一首吧。”

姨妈安静地摇了摇头。

“姐姐，别这样，选一首吧。”

表叔也大声地邀请。我以为这次姨妈也会拒绝，没想到她接过麦克风走上前去，小声跟主持人说了几句什么。不一会儿，练歌房的伴奏响起。姨妈在明亮的灯光下看着客人们唱起了歌。

“走过大麦田间的小路，听见有人呼唤，我停下脚步。回忆往事好孤独，吹起口哨，美妙的歌声传入耳畔。转头去看空荡荡，晚霞布满空荡荡的天空。”

那天是我第一次看见姨妈唱歌。明亮的灯光下，她脸上的皱纹格外清晰，个子也比平时显得矮小。响亮的伴奏声淹没了她低低的声音，随后又是人们聊天的声音。不过，她也不像是在熬时间的样子。开始时她面无表情，从某个瞬间开始，似乎就在享受唱歌了。我在心里为她加油。姨妈唱完了歌，练歌房的设备里传出响亮的号角声，几个人鼓起了掌。

姨妈回到座位，刚才劝姨妈唱歌的表叔来到我们桌旁。他坐在妈妈旁边，浑身都是酒味。我有点儿害怕。

“好久没见你了，孩子都这么大了。”

“跟叔叔问好。”

听了妈妈的话，我低头向他问好。

“淑姬姐姐把你养大，又帮你养女儿。这可不容易，你也知道吧。”

我不安地注视着妈妈。妈妈无声地点头，面红耳赤。

“姐姐，我是这么想的……”他用手指着姨妈，“年纪大了，还有什么快乐可言？不过就是看着孩子长大，看看可爱的孙子孙女，这就是快乐。所以看到姐姐，我的心情……”

“是吗？”

姨妈简短地回答，喝了口水。见姨妈没什么反应，他转头看向妈妈这边，说道：

“姐姐这么标致，想改嫁的话怎么着都有办法，可是不能不管你。姐姐把你当成女儿养大，你也应该把姐姐当成母亲……”

话音未落，姨妈就用拳头猛砸桌子，震落了几双筷子。邻桌吵嚷的人们都看向我们这边。

“我说过吧，你的问题就是这张嘴。”姨妈小声说道，“就是这张胡说八道的嘴。”

“姐姐。”

“我不想大声说话，回你座位去吧。”

他走之后，姨妈用纸巾擦了擦嘴唇，静静地对满脸疲惫的妈妈说道：

“只当是狗叫。”

我不知道姨妈为什么这么生气。回到家里，我从爸爸的书架上拿出国语词典，翻出“改嫁”这个词。表叔说姨妈可以改嫁，可是不能不管妈妈。字典上这样定义“改嫁”：已婚女人离婚或丧偶之后嫁给另一个男人。我又去查“已婚”和“丧偶”两个词，终于理解了改嫁的意思。

从那个瞬间开始，我感觉自己也许是姨妈生命中的大累赘。

2

高二第二学期就退学上班的妈妈换了两次工作，结婚时进了化妆品公司总务部。妈妈羊水破了，喷溅在办公室的地板上。想着必须做完手头的事，她大汗淋漓地处理完了剩下的工作。赶到医院的时候，子宫口已经开到五厘米多了。

我出生那天，生孩子的产妇太多了，病房不够，于是医生要求状态不错的妈妈出院。生下我没多久，妈妈就穿着上班的衣服直接出院了。大冬天穿着正装和皮鞋。

妈妈请姨妈照顾自己坐月子，帮忙养育我。当时，女人结婚或生了孩子，自然而然地离开职场似乎是惯例，不过妈妈的公司还是允许产后可以继续上班。爸爸也希望妈妈继续工作。妈妈决定工作到我上幼儿园，于是姨妈收拾行李，住进了我们家。

爸爸妈妈总是很忙，我的童年时光大部分都在姨妈的陪伴下度过。我跟姨妈学会了说话。学会使用“有趣”“害怕”“幸福”“漂亮”“坏”等词语之前，我形成这些概念的基础里就有姨妈的世界观和解释。我在心里对她所说的“漂亮”的特征进行观念性总结，对她说“坏”的东西也是这样做的。当我说“害怕”“讨厌”的时候，这些词语里也包含了经过姨妈人生的世界观和解释。

为什么姨妈讨厌那么多东西？怎么什么都看不惯？为什么有

那么多不满？看见好的一面就那么难吗？你知道她在感情方面很吝啬吗？有时在心里，有时当着她的面这样说，有时我会在自己身上看到难以忍受的她的样子。

我上初中之前，我们住在金浦机场附近的小区。我们家在公寓三层，附近没有高层建筑，可以看见窗外飞得很低的飞机。爸爸妈妈说飞机噪声是我们小区最大的问题。姨妈对世间万物都吹毛求疵，却对飞机噪声没有发表任何意见。走路或说话的时候，每当看见天上飞来大飞机，姨妈都会停下来观看。这时我也要闭上嘴巴，保持安静。飞机露出白色的肚皮，飞过我们头顶。小时候，每次看到飞机我就双手捂脸蹲下来。我总觉得弄不好飞机会掠过我的脑袋。随着渐渐长大，我开始原地跳跃，挥手，仿佛我可以抓到飞机。我想象着飞机从哪里来，飞向哪里去。我很羡慕坐飞机的人。

小时候，我周围的世界总是模模糊糊的。大人们经常对我遮遮掩掩，我很好奇有什么事情我不能知道。我从大人们的谈话中分明听出了具有双重含义的话，感觉到隐藏的情绪波动，却不知道确切的含义。

除了姨妈，我们家人每逢节日、祭祀、奶奶生日、亲戚家的红白喜事都会去爸爸的老家。出了火车站，再坐巴士去镇上，然后还要换乘公交车。即使从早晨就急匆匆做准备，赶到的时候也是夜里了。

奶奶跟着大伯一家生活。二伯夫妇也住在附近。三伯夫妇在镇上住。爸爸是奶奶的第四个儿子，离开故乡读大学，后来在首尔扎下了根。爸爸是他们兄弟当中唯一读大学的人，而且是首尔大学。爸爸的家人们围坐在大桌旁吃饭的时候，或在院子里铺开席子喝酒的时候，都喜欢谈论爸爸小时候有多么聪明。“首尔大学是谁都能去的吗？”有人领唱就会有人附和，“很多有本事的人，儿子都考不上呢。”

他们还喜欢谈论爸爸的婚姻。爸爸放弃了与进入韩国小姐总决赛的地方名流之女相亲的机会，选择了妈妈。尽管全家人都反对，乖顺纯真的老幺却做出了这样的选择。聊起这件事的时候，他们似乎有种奇妙的快感。年仅十几岁的我也看得出来，他们是以这样的方式蔑视妈妈，轮番上阵说妈妈不如爸爸，借以表达他们的不满。

爸爸的兄弟们和他们的妻子都是同乡，有着相同的语言和习俗。“哎哟，我们的乖乖少爷和精明的首尔女人怎么过呀？”“我是担心希珍妈妈才这么说嘛”，通过这些假装玩笑和借口担忧的话，我也不难看出妈妈始终对我隐瞒的我们家的真正问题。

“幸好是小儿媳，要是长媳可怎么办啊？”“总是流产，可怎么办啊？怀了孩子的女人也不知道小心……女人随时都要当心身体啊。”通常妈妈的表情都没什么变化。不过听到这些话，妈妈会脸红，不敢正视人们的眼睛，好像犯了什么罪。

这样的事情反反复复。那是我十二岁的某个夏夜。

那天爸爸出差了。这段时间爸爸经常出差，我们就在外面吃晚饭。爸爸觉得在外面吃饭浪费钱。明明可以在家舒舒服服地吃饭，为什么要花钱呢？除非特别的日子，我们家人不能在外面吃饭。爸爸出差后，我和姨妈坐公交车去了妈妈公司所在的乙支路。

看见在大楼外面等待的我们，妈妈夸张地挥着手跑出来，带我们去了附近的饭店。即使姨妈阻拦，妈妈也会坚持空腹喝酒，在中餐馆喝高粱酒，在猪排店喝啤酒，在明太鱼汤馆喝烧酒。吃饱了饭，我们去书店看书，也看人。回家洗完澡，我们从各自房间里拿出被褥，并排躺在客厅里。每次爸爸出差，这已经成了我们三个人必须重复的功课。

那天，我面朝沙发睡觉，中间醒了过来。我闻到蚊香的味道，听见风扇转动的声音。夏末的夜晚，已经感觉不到热气，甚至感觉电风扇吹出的风令人不舒服。前几天还很吵的蝉鸣也听不见了。

我闭着眼睛，听着妈妈的哭声。妈妈极力不让自己发出声音，小心翼翼地用纸巾擤鼻涕。不一会儿，有人按下按钮，关掉了电风扇。

“每次发生这种事，希珍爸爸都会告诉婆婆……”

我彻底从睡梦中醒来。

“不要理会他们，照顾好你的身体。”

“我的身体？没有人关心，希珍爸爸也不关心。”

妈妈颤抖的声音里带着愤怒，传到我的心里。

“所以说呀，至少你要关心自己。”

说完，姨妈小声嘀咕了几句什么。我的心跳加速了。也许是因为心跳声，我没听清姨妈接下来的话。我更加集中注意力，侧耳倾听姨妈说话。

“六次？”

这是妈妈的声音。

“最后那次流产很危险。医生说，如果再发生这种事，我的性命都难保，还说我不能再怀孕了。可是，我老公才不介意呢。手术没过多久，他就来到我身边……”

姨妈没再说下去。很快，我听见妈妈的啜泣声。

“我不想以这样的方式死去。我去找医生，请求医生让我无法再怀孕。我也知道会被赶出家门……”

很长时间里，我只听得见妈妈和姨妈的呼吸，以及远处摩托车驶过的声音。

“……姐姐还活着，我就很高兴。”

“……”

“忘了那些说姐姐不好的人吧。”

“你也忘了吧，那些话。”

“嗯。”

妈妈和姨妈的说话声越来越低，最后变成了深呼吸。呼、呼呼，呼、呼呼。两个声音一模一样，分辨不出是谁的声音。听着两个人的呼吸声，我静静地回想刚才的对话。虽然我还不能准确理解对话的内容，可是面对大人剧烈波动的情绪本身已经让我感到压抑。

第二天并没有什么变化。姨妈和妈妈就像昨天什么事都没发生似的交谈，行为也和平时没有什么不同。姨妈准备好早饭，妈妈吃完饭后上班，我去游泳馆。

每次游泳我都把自己想象成飞得很慢的鸟。我想象着头、胳膊和腿上的水是湿漉漉的空气。那天我第一次没做这样的想象。

好几次鼻子呛水，腿上无力。好几次落后，被老师用浮板打屁股。鼻子又辣又冷，一只耳朵进了水，弄不出来，单腿跳来跳去也没用。我听着嗡嗡的声音回到家里，忍不住流下了眼泪。

姨妈帮我开门，我立刻扑进她怀里。姨妈没有抱我，她不知所措地站在那里，双手轻轻拍打我的后背，像敲小鼓。我把她抱得更紧了。她这才把胳膊绕到我背后，什么都没问。早已被我的体温焐热的水，终于从耳朵里流了出来。

3

上初中后，我们家搬到了没有飞机噪声的小区。从二十四坪[1]的房子搬到三十二坪的房子，小小的我感觉我们家突然变成了富翁。新家是刚刚建成不久的崭新公寓。

后来我才知道，这次搬家和前一年去世的外公有关。一辈子对女儿们吝啬的外公，临终之际不得不将藏得严严实实的土地留给女儿们。妈妈和姨妈分了卖地的钱。回想当时的情景，妈妈说在那之前他手里还有养老金。有时妈妈发牢骚说，如果不是继承土地，也许一切都更容易。

上了初中，我开始出入读书室。也是在那个时候，我得知姨妈是初三那年辍的学。妈妈告诉我这件事的时候说，她是怕我不小心说错话才跟我说的，并且嘱咐我千万不要在姨妈面前流露出来。

1　坪是韩国常用的面积单位，1坪约等于3.3平方米。

没过多久，我从读书室回来，去了姨妈的房间，姨妈正坐在书桌前。这是搬家后姨妈新买的书桌。新房间面积更大，不过房间里摆放了大衣柜、挂架、五斗柜、书柜和书桌，看起来并没有变得宽敞。走近一看，姨妈正开着台灯解答数学题。即使知道我在看，姨妈还是继续做数学题。

“姨妈干什么呢？”

“学习。”

我不知道如何回答，只好闭口不语。我害怕自己露出马脚，害怕让姨妈感到痛苦。姨妈戴着老花镜，静静地看着我。

“怎么了？”

姨妈故作镇定地问，脸却红到了耳朵根。

“不……没什么。”

姨妈放下笔，看着我。

“我学习，很奇怪吗？你，还跷个二郎腿。”

我立刻把腿放好。姨妈讨厌我跷二郎腿。

“我要毕业了。”

说这话的时候，姨妈没有看我。那时姨妈快六十岁了。

姨妈参加了考试补习班，比我更早地完成了初中课程。每天牺牲睡眠时间写作业，在便条上写单词或公式背诵。不过，她从来没有问过我什么。我快读完初三的时候，姨妈已经开始学习高中课程了。

那年寒假，姨妈带我去南大门市场。尽管是工作日下午，市场里依旧人声鼎沸。姨妈用她特有的冷静神情注视着摆在货架上的物品。

姨妈在街巷角落里兜兜转转，来到某座建筑物前，毫不犹豫地去了地下。小商铺密密麻麻、挨挨挤挤，每个店里的商品都满满当当。我努力不让自己碰上别人的肩膀。经过军装店、内衣店、厨房用品店，姨妈在一家店铺前停下脚步。门口堆了很多东西，我们只能一前一后往里走。那是美国零食店。铁桶和纸盒里装着点心，还有糖果、果冻和速溶咖啡之类的。看着有八十多岁的白发老人坐在那些东西中间。老人皱着眉头看了看我们，问道：

“来杯咖啡吗？”

“不，刚才喝过了。”

“饭呢？”

“吃完了。”

说完，姨妈坐在老人身旁。我在对面的塑料椅子上坐下来。老人从抽屉里拿出两个纸杯，从易拉罐里舀出一勺褐色粉末，放进杯子。按下米色保温瓶的圆盖，热水便随着热气冒出来。老人用茶匙把粉末搅拌均匀，递给我和姨妈。热巧克力上面漂浮着泡沫似的白色颗粒。

“这是棉花糖，可以吃的。”

听姨妈这么说，我开始慢慢地喝起了热巧克力。又热又甜，味道浓郁，这是我喝过的最美味的热巧克力。老人仔细看了看我，见我喝完了，拆开货架上的饼干盒，递给我。那是镶嵌着硕大糖果颗粒的黄油饼干，咬上一口，我尝到了从未品尝过的浓浓美味。

"你过得怎么样？"

"挺好的。"

"有钱养活自己吗？"

"当然，很宽裕。"

"这孩子是谁？"

老人用下巴指了指我。

"您还记得我的妹妹淑敬吧？"

姨妈说完，死死地盯着老人。

"她的女儿。很聪明，学一会十。"

"是吗？"

说完，老人递给姨妈糖果。姨妈把糖果塞进嘴里，什么都没说。姨妈似乎很熟悉这里，只是看起来并不舒服。我听着隔壁店铺流出的广播声和来来往往的人声，看了看挂在店铺门前的招牌，上面写着"彩虹糖果"。老人四下里张望，看了看店里的东西，似乎想要再给我们些别的什么。

"我们走了。"

姨妈站起身来，老人伸出手，往塑料袋里装了糖果、巧克力之类的东西。

"拿着吧。"

"不用了。对身体不好，会长蛀牙。"

老人没有再劝。

"下次再来玩儿。"

"再见。"

姨妈头也不回地走了。我知道她在那个店铺里发生了某种感情的动摇。我们什么也没说，回到一层。她说稍作休息再走，进了名叫“罗曼斯”的咖啡厅。她给我点了香蕉果汁，自己点了生姜茶。茶上来了，她仍然闭着眼睛靠在沙发上，好像睡着了。

“刚才那位奶奶是谁？”

我看了看闭着眼睛的姨妈，问道。

“那个店铺的老板。”

“不是，我问的是她和姨妈什么关系。”

“以前我工作的店铺老板。”

说完，姨妈睁开眼睛。

“姨妈在那里工作过吗？”

“嗯，以前规模更大。很多东西都是从美军部队运来的，大量出售。”

“工作了多久？”

“淑敬稍微长大之后开始……大概十五年吧。那时忙得不可开交，生意特别好。”

这是姨妈第一次以这种方式谈论自己的事情。

“那是个特别狠毒的人……尽管这样，她却觉得我是靠着她才活下来的。我真的很讨厌，那个人。”

姨妈慢慢地说道。老人连厕所都不让她去，她每次都憋着，最后患上了膀胱炎。连续工作却吃不上饭。妈妈七岁时跟着来店里，老人连块便宜糖果都不给，还拿掸子打妈妈放在饼干盒上的手……

“那时我以为老板都这样……其实不是。”

姨妈说完，凄凉地笑了。说起自己遭受的不合理待遇，姨妈轻描淡写，只要提起和妈妈有关的事情，姨妈就像回到从前似的痛苦不已。姨妈说每次来南大门都会到店里看看，确认老人还在不在，已经成了习惯。她说她也不知道为什么，也许是坏习惯吧，不过很久都没走进店里面了。姨妈说这些的时候，不像跟孩子说话，更像是和大人聊天。她似乎把我当成了和她一样的大人。

“今天怎么就进去了？”

“也许是想炫耀你吧。”

姨妈说完，耸了耸肩膀。

“我有什么好炫耀的。”

听我说完，姨妈静静地看着我。我假装没看见姨妈的目光，转头看向窗外。阴暗的天空下，摩托车轰鸣着飞驰而去。

那年冬天，爸爸已经一年没有工作了。妈妈下了班也不能休息，还要和姨妈收拾晚餐桌，洗碗，洗衣服。妈妈和姨妈比以前更卖力地做家务，看爸爸的脸色。“越是这种时候，越不能伤害男人的自尊心。”妈妈经常这样说。

回头想来，姨妈对爸爸的态度里常常夹杂着敬意。即使爸爸在公司干不了多久，总是徘徊在失业和求职的边缘；即使爸爸经历多次失败，将妈妈继承的遗产挥霍一空，姨妈对爸爸的敬意仍然没有消失。这种敬意的背景里有着爸爸毕业于首尔大学的事实。

相反，爸爸对待姨妈的态度就不同了。爸爸对比自己年纪大的人大多毕恭毕敬。哪怕只大他一两岁的叔叔，爸爸也会称其为大哥、老师，称呼他们的妻子为嫂子、师母，态度很郑重。姨妈比爸爸大十七岁，然而爸爸对姨妈的态度总是带着些许蔑视。

那时我和爸爸走过商场门前，看见有人在清扫楼梯。那是和姨妈年龄相仿的女性，弯下腰，拿着刷子一层一层地擦楼梯。

“这是业主的问题，楼梯算什么，为什么要让老人家一层一层地擦……”

爸爸连连咂舌。明明在家里连勺子都不自己拿，妈妈和姨妈不在家的时候，哪怕锅里有饭也不会盛出来吃，每次都用别人擦过的马桶，现在却这样说。想起爸爸看蹲在地上擦地板的阿姨时的漠然表情，我的心里冷冰冰的。

姨妈和爸爸关系不是很亲近，却也没什么不满。不知从什么时候开始，两人之间流淌着不同于从前的感情。没有争吵，也没有明显的敌对，我却从他们的眼神和对话中察觉到有些东西在改变。

那是我十八岁那年的春天，期中考试刚刚结束。周日傍晚，我们像往常一样默默吃着晚饭。我记得平时不喜欢喝酒，也不擅长喝酒的爸爸喝了烧酒。快吃完饭的时候，姨妈看了看坐在对面的我，说道：

“希珍在场，说出来似乎更好。”

“姐姐。”

“我该从这个家里离开了。”

姨妈眼睛盯着我，继续说道：

“希珍放假的时候，我就搬出去。”

“这是什么意思？姨妈要去哪儿？”

姨妈想说什么，爸爸插嘴说道：

“好的，姐姐，搬出去吧，总不能一直这样住吧。”

爸爸低声说。听着三个人的对话，我知道他们已经讨论过这个问题了。

“姐姐，不要这样，再想想吧。”

“这不是冲动的决定。我觉得这样对大家都好。”

“我们大家？”爸爸反问姨妈，“没想到姐姐会为我们大家考虑。”

“老公。”

妈妈呼唤爸爸的声音很低，带着颤抖。

“姐姐遇到困难的时候，我没有置之不理。”

“所以我应该感谢你吗？感谢你收留我？”

“姐姐！”

“不要把我当成不知廉耻的人。”

“我从来没有这样想，姐姐只是……”

“你不要再说了。”

“姐姐是个冷漠的人。唯一的妹妹请求帮忙，你都能拒绝。如果当初姐姐稍微帮帮我们，我们也不会像今天这样崩溃。”

姨妈起身回房间了。爸爸双手抱头，靠在餐桌上。妈妈呆呆地注视着墙壁。以前我从来没见过大人争吵的场面，何况这种互揭老底争吵的样子，那天是第一次。我什么都没问，只是把要洗的碗放进洗碗池，收拾干净桌子。我和妈妈洗完了碗，像平时一样做作业。大人之间的紧张感很强烈，我觉得自己插不进去。一觉醒来，不知道为什么，感觉前一天的矛盾或许只是暂时的。我甚至冒出一丝希望，也许姨妈只是希望有人挽留她吧。我跟在姨妈身边，缠着她说：

“姨妈为什么要这样？”“为什么不能继续生活？”“没有姨

妈，我怎么过？”“怎么可以不跟我商量就这样啊？”

那时我以为自己有资格跟姨妈说这样的话。姨妈没有劝我，也没有安慰我。姨妈离开前几天，看到姨妈在收拾东西，我生气地说：“姨妈眼里根本就没有我吗？”姨妈用比以往任何时候都冰冷的神情看着我，说道：

“你说什么都没有用了。”

说完，姨妈继续收拾行李。

“肯定很痛快吧，终于甩掉了外甥女这个包袱。”

不是。我期待这样的回答。

“是啊，我也想活得轻松点儿。”姨妈盯着我说道，“不要再吵了，回你房间去吧。”

姨妈做手势让我出去。

我回到房间，坐在书桌前，哭着下定决心，永远都不会原谅姨妈。绝对不会忘记这件事。我到死都会怀揣着此时此刻对姨妈的憎恶之心。我对自己保证了又保证。哪怕姨妈死了，我也不会流一滴眼泪。我宁愿姨妈死了。既然她是这样的人，既然是带给我痛苦的人，还不如从这个世界上消失算了。

最近我看着镜子里的自己，常常感到惊讶。四十年来经常使用的面部肌肉让我越来越像姨妈了。正如面孔所示，我也变成了顽固的大人。

4

妈妈告诉我，姨妈用外公留给她的遗产购置了城北区的老房子，还在那里开了家寄宿房，住进了三个寄宿生。妈妈又说，幸好姨妈没把钱交给爸爸做生意。姨妈有房子，晚年还能赚钱，真是万幸。妈妈对我说，我们应该尊重姨妈要和我们分开，单独生活的心意。

姨妈离开后，泡菜冰箱放进了她的房间，泡酒瓶子、吸尘器和杂物也开始堆积。没有姨妈打理，家里变得脏兮兮的，到处都蒙上了灰尘，浴缸里结了粉红色的水垢。有时马桶盖上会沾染爸爸的尿液痕迹。

妈妈给我买了手机。妈妈值夜班的时候，会发短信让我给爸爸做饭。我做饭手艺不好，只会做个鸡蛋卷，热一下妈妈煮好的汤，拿出小菜，摆上餐桌。爸爸吃饭时什么也不说，吃完也不收拾就回房间去了。这些事渐渐让我感到厌倦。

我再也不是被照顾的人了，可是我还没有完全靠自己站起来的能力。我感觉不到任何人喜欢我，包括自己。我要改变，我想改变，却不知道应该怎样改变。我只知道自己什么事都做不好，笨拙又可笑。我一辈子都是姨妈的累赘和障碍。想到这里，我情不自禁地流下了眼泪。

小时候，姨妈就说我什么都能做，什么都能做好。她这样说的时候好像在陈述科学而客观的事实。她永远不会知道，这话对我来说是多么巨大的压力。她从我身上发现的无限潜力却成了我最大的恐惧。她常说“如果我是你……”后面就不再说了。她的声音里包含着淡淡的愤怒和某种嫉妒。

姨妈离开不到一年，我们搬到了十三坪的公寓。因为须卖掉三十二坪的公寓填窟窿。姨妈房间里的大衣柜搬不进我们的新房子。我的床、泡菜冰箱、客厅沙发、红木餐桌也不例外。我住在玄关前的小房间里，妈妈和爸爸关上客厅和玄关走廊之间的推拉门，将客厅当作房间来用。妈妈的耐心好像就是从那个时候开始崩溃的。从那以后，妈妈和爸爸再也没有过真正意义上的对话，爸爸经常不在家。我希望妈妈和爸爸分开算了，然而两个人都没想过离婚。我想既然如此，那就只能是我离开了。

那时，我听说了空军士官学校的消息。我从小就憧憬翱翔蓝天，心情郁闷时也想象自己变成鸟儿飞来飞去。最重要的是，听说那里不需要学费，还有职务津贴。这成了我唯一的希望。我怀着对稳定和独立的渴望，全身心地准备考试。我把自己逼到痛苦的程度，惊人的是，让我感到疼痛的思绪渐渐减少了。尽管这只是自虐性地捂住耳朵，逃避真正的问题，然而当时的我相信自己做得很好。

备考士官学校的时候，我在笔记本上写下了自己的决心：

我要成为士官生，成为军人。

不让任何人看到我的脆弱。我要和懦弱作斗争。

我要节制。不依赖任何人，不期待任何人。严格要求自己。

进入士官学校后，我划掉了“成为士官生”，别的句子原封不动地保留下来，每天早晨都在心里默念。

很长时间我都相信，做出这样的选择是因为我想离开家，不想担心学费和生活费。随着时间的流逝，我感觉这个选择里还有着仅凭这些理由无法解释的部分。当学员期间，我不只是为了课程达标而训练。我要求自己必须获得远远超出实际水平的优秀结果。虽然身体痛苦，不过用精神力量控制身体和行为也让我心情愉悦。我在成为更好的自己，这份成就感让人上瘾。

我看不惯有的同学害怕训练，觉得训练辛苦。我尽量远离那些动不动掉眼泪，到处诉苦的同学，唯恐他们的懦弱会传染给我。经济上也好，感情上也罢，我绝不向任何人诉说自己的遗憾，必须彻底独立。我要成为百分之百为自己的选择负责的人人。只有这样，我才能不讨厌自己。

“也许只有你这样的人才能成为军人吧。”

一年级结束，有一位决定退学的同学走出房间时说道。我这样的人。我没有让她解释，她继续说道：

“你也有感情吗？你会成功的。不过，我不想像你这样活着。”

“好吧。”

这样说完，我就起身离开了。不想像我这样活着？我为她随意做出的判断感到愤怒，同时也因为这句话而伤心。因为，我同意她的说法。

妈妈为我堂堂正正地找到自己的路而高兴。妈妈说我从不叛逆，柔顺地度过青春期，还说我是不可多得的孝女。以前我也想过，如果得到这样的认可肯定很开心，然而真正听到妈妈这样说的时候，我只是感到空虚。因为我知道，如果我是另外的模样，如果我没考上大学或者遭遇重大失败，妈妈肯定很失望。我只是艰难地避免了她的失望。

回头想想，那时我最害怕的就是直面自己的恐惧和愤怒。为此我塑造了不轻易胆怯，也不为小事动摇的形象。

那段时间没和姨妈见面，我经常想起姨妈。第一次驾驶飞机的日子，第一次成功完成高空飞行的日子，搬到部队驻地的日子，每当午夜梦回，我都会用姨妈的视线打量自己。“姨妈，这样你满意吗？”洗漱之后用毛巾擦脸，照镜子的时候，像极了姨妈的我正在镜子里看着我。

5

二十五岁，被授予空军少尉第二年，我渐渐失去了极力达到的心理平衡，经常做噩梦，对鸡毛蒜皮的小事也不耐烦。工作结束回来，我什么也做不了。没有足以说服我的特别理由，我更痛苦了。现在想来，当时的我似乎处于精神彻底枯竭的状态。反复惊醒，神经极度敏感，别人不小心碰到我的肩膀，我也会感到忍无可忍的愤怒。这时，我又见到了姨妈。

没见姨妈的七年里，我渐渐抹去了对她的思念。我以为再也见不到她了，就像生活中总是有些莫名其妙但必须接受的事件。那是令人痛心的绝望。当姨妈打电话说要来找我的时候，我首先感觉到的不是喜悦，而是为她单方面对我的态度感到厌恶。

约定和姨妈见面那天，天气预报有寒流警报。我驱车去车站接她的时候刮起了大风，车身都在摇晃，窗外的湖水已经结冰了。也许是天气的缘故，她乘坐的长途汽车晚点了三十分钟。乘客们都下车了，她最后才走出巴士。

姨妈还穿着每年冬天都要穿的灰色海力蒙[1]外套。衣服有点儿大，也许是身体变得瘦小的缘故。那么瘦小的老人，却在发布寒

1　海力蒙（herringbone），精纺毛织物，花呢类，人字条状。

流警报的日子里穿着又薄又旧的外套，这让我感觉很不现实。随着和姨妈的距离越来越近，我对她的思念也复活了。我不动声色地走向她，伸出了手。她拉住我的手，很快就放开了。明明刚刚走出温暖的巴士，她的手却比站在外面的我的手还凉。

“路上辛苦了，上车吧。”

说完，我拉住了姨妈的外套。她没说什么，跟着我上了车。我打开暖风，从后排座拿来毯子，盖住她的膝盖。她慢慢地观察着我的汽车内部。

“偏偏今天是今年最冷的日子。”

“冷才像冬天啊。”

姨妈说完，干咳了几声。我从副驾驶的扣手里拿出两个热敷袋，递给她。她默默地接过热敷袋，两只手紧紧抓着。她没有正视我。无须细看，也能察觉到七年岁月在她脸上留下的清晰痕迹。

汽车缓缓驶出车站。姨妈转头看向窗外。我打开收音机，她说太吵了，让我关掉。又是沉默在蔓延。随后，我们谈起多变的天气和物价，以及我生活的 P 市。聊着这些肤浅的话题，我们走向一家红豆刀削面馆。我们这样闲聊，却总感觉话不对题。

我们坐在看得见湖水的位置。旁边桌子边坐着四个年轻男人，吃着葱煎饼，喝着烧酒。才刚下午一点，已经堆满了空酒瓶，他们似乎很高兴，嗓门儿也很高。姨妈皱着眉头往那边看了看，咬紧嘴唇。我们默默地望着窗外，望着结冰的湖水和每当有风吹来就剧烈摇晃的空树枝。

红豆刀削面上来了，姨妈拿着勺子在汤里搅拌，大声抱怨汤太稀。我喝着汤，没有回应。不像姨妈抱怨的那样，汤的浓度很合适，面也筋道。这是当地最有名的红豆刀削面馆。可没吃几口我就吃不下去了，放下了筷子。寒风吹来，脚很凉。

“吃那么少，哪有力气啊？”

“早饭吃多了。”

“你真是不会说谎，为什么这样？”

我迟疑片刻，决定实话实说。

“最近睡得不好……”

“没什么大不了的。”

没等我说完，姨妈就这样回答，看也不看我。每次听到自己不想听的话，她就以这样的方式回应。明明知道是这样，我还期待什么呢？期待她接住我抛出的球吗？越是这样，她越是用力将球踢出去，砸中我。我以为我知道她是怎样的人，可是……

“对，没什么大不了的。不过姨妈，这话只有我能说吧。”

姨妈转头看向窗外，仿佛我根本就不存在。看到她这个样子，陈旧的伤疤又被揭起来了。我已经忘记了那些瞬间的感情，努力只记住好的，努力理解她，如果处在和她相似的环境，也许我无法成为比她更好的人。我以为这是我对她的爱。但是，她连最基本的共情都不愿意，连最低限度的努力都不想尝试。我好像又变成了七岁孩子，站在冷静的姨妈面前。不知是愤怒还是悲伤的滚烫情绪沿着喉咙涌了上来。

“你还是老样子。”

说完，姨妈叹了口气。

“我怎么了？”

姨妈又把头转向窗外。

看着姨妈，我迅速关闭心门。关上心门，让自己什么都感觉不到，这是我的拿手绝活。我们说了些无聊的话，就起身离开了。她要买单，我阻止了她，然后我们走出面馆。她发牢骚说，这里又不是首尔，红豆刀削面的价格怎么这么贵。这就是我熟悉的姨妈，然而那天我却难以忍受。

我们走进茶馆，漫不经心地坐下来。我迟疑着问起她的近况，她说起住在自己家里的寄宿生，大加称赞。不一会儿，她冷嘲热讽地说小区里的人都很无知，在超市门前消磨时光、喝酒，连基本常识都不知道，也不觉得羞愧。我没有回答，听着她的话，心里冒出熟悉的反感。她多么有学问、多么了不起吗？很快，我就为自己这样想姨妈而内疚。

回车站的路上，风更猛了。车身摇晃，姨妈轻声叹了口气。快到市中心的时候，她终于打破了沉默。

“我想知道你开飞机去过哪里。”

“阿拉斯加。”

“那是哪儿？”

“美国。”

“美国……”

姨妈小声重复我的话，然后良久无言。不一会儿，风声减弱，她又说话了。

“刚开始听说你要参军，我还以为你中途会放弃，因为你心灵脆弱嘛。”

“没有人这么想。”

“小时候，你的心灵很柔弱，我为此感到不安，试图纠正过。”

“那你成功了。我现在，心如磐石。”

天气预报没说下雪，现在下起雪来，我打开雨刷，放慢车速。

“今天看到你我就知道了，天性不可能改变，不过也可以过得很好。飞机是谁都能开的吗？还开到了美国。真了不起。”

我知道姨妈是鼓起勇气说的这些话。因为她不善夸人。尽管她在别人面前炫耀过我，却几乎没有直接表扬过我。爸爸妈妈因为谦虚而在人前贬低我的时候，她总是拼命说我的优点。所以我知道她的心。姨妈其实为我骄傲，为我欣慰。即使没有直接表扬，我也能感觉到她的心意。可是，当她真正这样说的时候，我的喉咙哽咽了。

雪下得越来越大，走到汽车站的时候，眼前白茫茫一片。停下车，我从车里拿出长柄雨伞，和姨妈一起撑。我们紧挨着站在伞下，我才感觉到她是那么瘦小。车快来了，我把雨伞递给她。

“你拿着吧。”

那是黄底画着白色水滴图案的雨伞。

“这雨伞真让人眼花。”

姨妈这样说道，还是接过了雨伞。

“晚上不要用黑色的雨伞，姨妈，别人看不见，会被车撞到。”

“你真够操心的。”

“一定要多穿点儿。”

姨妈点了点头，朝我伸出了手。她的手依然冰凉。看着她上了巴士，我头也不回地走出车站。去停车场的路上，雪越下越大，大片的雪花落下来，眼前骤然变亮。“姨妈”，我在心里呼唤她。姨妈说我和她是截然不同的人。那天，我却在她脸上看见了自己。苛刻，高标准，因此不容易满足，还有吝于笑容的脸。

望着姨妈的脸，我痛快地承认了长大成人的感觉。我害怕自己会反复做出和她相似的表情，脸上长出相似的皱纹，讨厌的事物越来越多。我害怕自己会沉浸于伤痛，无视他人的伤痛，认为别人的伤痛没什么了不起。我害怕自己会成为如此狭隘和阴暗的人。可是我正在变成这样的人。落在额头的冰冷雪花很快变成了水滴，沿着脸颊滑落。

6

姨妈七十九岁那年得了脑中风。身体活动和自理方面没有大问题，只是很难用清晰的语言表达头脑里的想法。最后五年，她说话变得非常缓慢。姨妈生病之后，妈妈就搬到了姨妈家。当时爸爸和妈妈正式开始分居。每次我给妈妈打电话，妈妈都会把话筒交给姨妈，她总是说相似的话。“希珍啊。”喊完之后会沉默片刻，断断续续地说，“好好，吃饭。希珍，那个，飞机，小心点儿。”

时隔七年再见之后，我们每年都见一两面。自从妈妈搬到姨妈家，我们见面次数比以前多了。那十五年里，我逐渐理解了姨妈。

一辈子都讨厌狗的姨妈，却在六十七岁那年养了一只名叫烤栗子的狗。有一次，姨妈和烤栗子散步。我第一次看到姨妈那么温柔。她淡淡地说，小时候父亲从市场买来小狗，养大了就卖给狗贩子。因此，她讨厌狗，看都不想看。看到下雨天闯进敞着大门的院子，瑟瑟发抖的烤栗子，她当时也很愤怒，然而耐不住寄宿生们的恳求，决定养它几天。这是开端。姨妈和烤栗子共同生活了十二年。烤栗子死的时候，她第一次在我面前流泪。

姨妈第一次坐飞机也是在养烤栗子几年之后。七十三岁那年，她和在资格考试辅导班结识的朋友去福冈旅行。这次旅行之后，她又去了柬埔寨、意大利等多个国家旅行。她的最后旅行地是美国。她经过洛杉矶，去了大峡谷国家公园。照片上的姨妈和笑得灿烂的游客们站在大峡谷之上，独自皱着眉头。

姨妈被人称赞时会觉得尴尬。有一次我说“姨妈很有品位”，她避开我的目光，惭愧不已。“你知道吗，姨妈？我曾经盼着你死。”听我说这话，她连眼都没眨一下。每次听到别人的赞美，姨妈都会做出想找个地洞钻进去的表情。

步入老年，姨妈稍微随和了，然而患上脑中风后性格又变得更加乖僻。有时在护理中心和别的老人发生小矛盾，她甚至会大打出手。最先挑起矛盾的人是姨妈，后来总是单方面受到对方的殴打，直到人们前来劝阻才结束。姨妈变得衰弱而粗暴，同时也像孩子似的开朗。仿佛有人收起挡了很长时间的遮光帘，姨妈冷漠的脸上露出了灿烂的笑容。如果摘掉假牙，笑起来就像还没长牙的婴儿。

看电视的时候，姨妈笑得像孩子。看到讨厌的人物出来，姨妈就会生气，拿起遥控器换频道。她呆呆地看着电视剧。如果问是什么内容，她会笑着说不知道。每次去家里，她看到我就会惊喜地露出灿烂的笑容，朝我伸出手来。她的手又大又硬，冷冰冰的。我走到旁边坐下，她也不放开我的手，静静地看着我。

休假时我在姨妈家住了几天。当时我是有着十年经验的飞行员。那年春天，有位同学过早地去世了。明明知道谁都会遇上这种事，却还是觉得不合情理，因为我喜欢那个人很久了，只是从来没有表现出来。

如果能像关闭防火门似的关闭心门，那么我心里的火焰就永远不会烧到自己。那年春天，我却无法凭借自己的力量关上那道门。比起悲伤而痛苦的情绪，首先是对无法控制心情的自己感到愤怒，因为最开始我连眼泪都没有流。读书、散步、洗澡、听音乐、开车、游泳、埋头工作、深呼吸、写日记，我按下了所有能让我心情“正常化”的按钮，调整操纵杆，还是没有改变。最后，我终于接受了束手无策的事实，我的心坍塌了，就像深夜里被火烧毁的仓库。这是我应该付出的代价，理所当然。我低着头，相信是这样。

姨妈的家在路边，夜里能听见汽车和摩托车的声音。躺在旁边的妈妈大声打呼噜，我拿着被子和枕头去了客厅。路灯的光芒落在客厅里，客厅依然明亮，冷风从窗缝吹了进来。我侧身而卧，闭上眼睛，忍着眼泪。不知道这样过了多久，我听见开门的声音。

“好冷，风。”

睁眼看时，穿着睡衣和羽绒马甲的姨妈正在弯腰看我。我拿起枕头，跟着去了她的房间。她用手撑着柜子，随后又撑着地板，慢慢地进了被窝，然后掀开被子看着我。我钻了进去。姨妈的体温把被窝焐得很暖和。“现在没有这么好的棉花了。”我想起每次拿出棉被的时候，她都会这样说。对于年幼的我来说，那种被子只会让我感到沉重。我们面对面看着对方，相隔很远地躺在被子里。尽管已经长大成人，然而姨妈的棉被对我来说依然沉重。

生病之后，姨妈剪短了没有染过的白发。眼皮垂下来，本来就小的眼睛显得更小了。人中变长，嘴角下垂。这是普遍的老年化特征，感觉像是夺走了她固有的个性。我没想到姨妈会成为这样的老人。如果看从前的气势，哪怕过了八十岁，她也会像年轻人似的活力四射。

“什么时候老成这样了？”

听了我的话，姨妈灿烂地笑了。

“真搞笑。”

话虽这样说，我的喉咙却哽咽了。我闭上眼睛，生怕姨妈看出我的情绪。平静下来，当我再次睁开眼睛的时候，姨妈在黑暗中静静地注视着我。

“希珍啊。”

姨妈小声呼唤我的名字。

“我的，希珍。”

姨妈说着揉了揉眼睛。

“好冷。”

“冷？”

“你，冷。”

“一点儿也不冷。”

姨妈慢慢地朝我挪了挪，伸手拍打我的后背。我极力不让自己哭出来。如果说世界上只有一个人，绝对不能向她展示自己柔弱的一个人，那永远是姨妈。那是我的自尊，也是我对她的礼貌。没过多久，她的呼吸变得均匀，睡着了。

姨妈离开的凌晨，我突然从睡梦中醒来。窗外还很黑，猛烈的风发出刺耳的声音。时间是三点五十分。我彻底醒了，茫然地坐在床上发呆。不一会儿，电话响了。谁打的电话，打电话有什么事，我不用接就知道了。

姨妈的遗像看起来像是十几年前拍的。照片上的她固执地穿着那件又薄又旧的冬季外套，神情干巴巴地注视着相机。“你怎么来了？”照片上的她似乎这样跟我说话。“你真的觉得我们不同吗，姨妈？”姨妈觉得我很柔弱，担心我会被慢待，受到伤害。因为她比谁都清楚这是怎样的心情，所以她对我就像对自己。我在她的遗像前磕了两个头，没有流泪。

出殡结束，我去了姨妈的家。打开房门，我看见窗下放着书桌和书柜。书桌上放着装有老花镜的眼镜盒和《金刚经》，表面已经干枯的半个橘子和一支普乐士笔。还有一张纸，上面写着大字，“朝鲜酱油一瓶，小白菜一把，白糖一公斤”。大箩筐里放着橘子皮，整个房间都弥漫着淡淡的橘子味。我叠好姨妈的被褥，放在书桌旁，在上面坐了很久很久。衣架上孤零零地挂着姨妈的冬季外套。

外套变薄了，条纹内衬也破了很多处。我把外套叠好，放进纸袋，收起挂在旁边的围巾。我逐一抚摩着黑色高领毛衣、羽绒马甲、奶油色圆领毛衣，全都是旧衣服。带帽子的紫色羽绒马甲是姨妈衰弱之后妈妈给买的。姨妈经常感叹自己竟然沦落到要穿这种难看衣服的境地。

姨妈的房间里没有衣柜。挂在衣架上的几件外套，装在原木三斗柜里的衣服、内衣和睡衣，仅此而已。我想起我们同住时放在姨妈房间里的大衣柜，那里面装着全家人的衣服和四季的被褥。她根本不需要的大衣柜放在旁边。她会在那个小小的房间里想些什么？对于那个衣柜，对于自己的小房间，对于养育我的辛苦，她从来没有表现出不情愿。这是她保持风度的方式。

尽管我对爸爸蔑视和怠慢姨妈的态度感到愤怒，然而我心里的某个地方总是把姨妈看作比我更低的人。我也看不惯她明明一无所有，明明不值一提，却像无所不能似的评价别人，自以为比别人优越。尽管如此，我却否认自己以这样的方式对待她。因为我不想成为那样的人。当我摸着她为数不多的几套衣服的时候，我承认自己也是那样，也承认这种判断与姨妈本身无关。

对于妈妈而言，姨妈是责任感强而且严格的姐姐。对于爸爸来说，姨妈是我们家遇到困难时不肯帮忙的冷漠之人。护理中心的义工说姨妈是性格冲动的老人，平时很安静，偶尔会发火。即便是汇集起所有的评价，还是无法抵达姨妈的真实。

回到部队，我把姨妈的外套和围巾放在焚烧场，浇上汽油。黑烟升腾，我任由自己在那里无声地哭泣。

有一次我问姨妈，为什么要带我去以前工作过的地方。姨妈没头没脑地说，希望你成为不想笑就不笑的人，然后又补充说，你已经成了这样的人。事实并非如此，不过我没否认。我希望姨妈就这样认为，认为我的人生成功了，不同于姨妈的人生。我希望姨妈因为自己没有说错而微笑和安心。

转业之后，我进入民航公司工作。每次在金浦机场着陆，飞机都会掠过我小时候住过的小区。迅速经过的时候，我常常幻想姨妈还站在那里，盯着我驾驶的飞机凝视许久，然后冲着站在身边的年幼的我做手势，示意我继续前行。年幼的我拉着姨妈的手，带领她走进我的驾驶室，收集起我在驾驶室里见过的最美的天空给她看。犹如探照灯般切近的圆月、粉红色和象牙色混合而成的极光、金星在东方天空闪烁的瞬间、日升日落时天空展现出的缤纷色彩。

姨妈也开一下吧？如果我这样问，她会毫不犹豫地抓起操纵杆，不停地飞向高处。通过平流层，经过中间层和暖层，终于脱离大气层的我们绕着地球轨道看星星。姨妈冲我挥手。我都好好看到了。该走了。你回去吧，好好活给我看。

古人认为上面有天堂。看到夜空里的星光，人们相信那是有人在天空戳了洞，观看地上人们的目光。对于他们来说，星光是神的目光，或者再也见不到的所爱之人的视线。

夜间飞行的时候，飞行在漆黑夜空的时候，我常常感到姨妈在远处看着我。姨妈的视线就在驾驶室的对面，在飞机对面，在夜空和大气对面。稀薄的空气和低温，上升几层终将消失的大气和宇宙空间的开始。我所知道的天空是这样，然而就在那个瞬间，我突然想起古人的信仰。从前的人们相信，那不是明亮的白昼，而是只在漆黑的夜晚才会到达地球的彼岸的目光。

分内之事

1

你和正允相遇在大学图书馆的门口。你在咨询如何办理发给毕业生的图书馆出入证，正允借了书，刚刚走出图书馆。

海珍，正允呼唤你的名字。你茫然地看了看她，回答说，姐姐。

两人坐在图书馆前的长椅上。五月的正午，阳光滚烫。

我们多久没见了？

最后一次见面还是在姐姐的婚礼上。

那是最后一次吗？

你点了点头，指着眼前的高大建筑物，顾左右而言他。

姐姐，那里原来是什么？

不知道。

你感觉正允的声音有点儿异常。正允不是那种犹豫着说“不知道”的人。她的声音宛如冰冷而清澈的水。声音本身是这样，尤其是声音里包含的决绝更让人感觉冰冷又痛快。当时的你这样想，那是充满自信，完全相信自己的人特有的声音。正允条理清晰地表达自己想法的时候，你被迷住了，同时也有些淡淡的反感。

你转头看着正允。掺杂着稀疏银丝的短发，涂层脱落的黑色塑料框眼镜，黑色的两件套裤装，整齐地放在铿亮的皮革斜挎包上的手。你的眼睛盯住正允的手。血管凸出，指关节很粗，长出皱纹的大手。你看着那双和瘦小身材不相称的手，说道：

姐姐还是老样子。

正允的脸上似乎浮现出微笑，很快又消失了。

你也一样。

说完，两个人面面相觑，讪讪地笑了。

还是老样子，这句话不完全是谎话。说是老样子，相当于告诉对方世事变化，而从前的你依然存在，我的眼睛看到了这个事实。正允比同龄人显老。也许是没染白发，脸上没化妆才会给人这种感觉，不过她脸上的疲惫加深了这样的印象。即便如此，你还是看到了从前的正允。每次你去学生会馆的时候，那个在编辑室窗前呼唤“李海珍”，同时夸张地挥手的二十一岁的正允。喝酒之后买两根冰棍，猛咬一口，吃得津津有味的正允。姐姐，你牙不冰吗？眼睛不冰吗？我看着都觉得好冷。你也记得自己每次发牢骚的样子。

你是通过文章认识正允的。1996 年秋天，你拿起堆在图书馆门前的校刊，聚精会神地读了很长时间。那么多的文章，最吸引你的是历史系学生正允的文章。你读了好几遍。那篇文章的题目是《A 女子大学的集体霸凌，只是部分学生的问题吗？》。

尽管这样的事情年年都会发生，然而1996年的霸凌事件格外严重。你们学校的五百多名学生戴着橡皮手套，吹着口哨，占领了正在举行校庆的A女子大学广场。他们成群结队，排着玩火车游戏的队形，冲向A女子大学的学生们。很多A女子大学的学生在广场上被揪住头发拳打脚踢。

正允的文章立足于采访。你们学校的学生确切地做了什么事，造成了怎样的伤害，这种集体霸凌每年反复发生的原因是什么，他们的行为为什么不是幼稚的“游戏”或“恶作剧”，正允通过枯燥的文章陈述出来。正允的逻辑相当流畅，解释得有条不紊。

读完文章，你回头看曾经的自己。男生前辈把这次事件当成英雄事迹，带着玩笑口吻说出来的时候，曾经的你只觉得那是疯子们在胡说八道。你只是不想听，只是想逃避，于是充耳不闻。读了正允的文章，你不再是读那篇文章之前的你了。

你想写这样的文章。读过之后就无法回到从前的文章，任何人都无法用逻辑反驳的坚实有力的文章，冲破第一个句子的壁垒继续前进的文章，写下的句子不会变成墙壁阻挡后面句子的文章，总是潜藏在内心深处的感受和思想转换成语言，连起某个人的文章。

在编辑部面试那天，你毫不费力地回答了前辈成员提出的问题。可是面对命题作文考试，你却写了又删，删了又写，反反复复。你写下第一个句子后犹豫不决，怎么也写不出第二个句子。那时的你还不懂怎么写文章。

不用写太长，写清自己的想法就行了。

坐在编辑部沙发上看报纸的正允小声对你说道。

听说不用写太长，你就把摘记的单词简单地连成句子，写起了文章。文章只有两段，写完之后才发现橡皮屑比字都多。那天，围坐在编辑部的书桌旁参加面试写文章的有五个人。

接到合格电话后，你以实习委员的身份第一次参加编辑会议。听说共有三人通过了面试，一个人最后改变主意没来。于是，合格者就只有你和希荣，一年级第二学期加入的两个人。你记得她，面试那天坐在你对面，毫不犹豫地用黑色普乐士笔写文章的平静面孔。你一边用橡皮擦掉句子，一边注视着她。她端端正正地坐着写文章的样子是那么自然。

你还记得那天第一次开会的时候，前辈们是那么高大。尽管年纪只差一两岁，然而他们在会上交流意见的场面还是震撼了你小小的心灵。他们针对以什么主题写作展开了漫无边际的讨论。不仅那天，他们每周举行两次编辑会议和形势讨论，一次是社科书籍阅读研讨会，一次是以实习委员为对象的研讨会。每周见面四次，你却还是无法加入他们的讨论。当你犹豫不决的时候，听到有人说：海珍，你有想法就说出来吧。你这才勉强开口。你还是很喜欢那个地方。曾经你觉得那里只有无聊和痛苦的往事，然而过了些日子之后，你才发现自己有多么喜欢那个地方。因为你离不开那里了，那里有你无法割舍的东西。

正允是实习研讨会的干事，负责收集有关政治和社会的小论文做成资料集，整个学期里都用那本资料集开研讨会。正允是善于倾听的人，不会打断别人说话，总是充分倾听之后再提出自己的意见。

希荣和你每周写一页关于主题图书的概要，并且当着对方的面大声朗读。如果说你的概要是摘要式，那么希荣的就是围绕自己阅读时发现的问题来写。尽管概要只有一页，然而希荣的文字尖锐而流畅，有着别处少见的个性。当时的你都顾不上嫉妒，只是绝望地认为自己永远也写不出希荣那样的文章。

正允经常称赞你的文章。她说你很好地把握和整理了文本内容，写得比较慎重。相反，她每次都委婉地批评希荣的文章。关于这个论点你有客观依据吗？无法说服对方的文章只能变成强迫。逻辑的飞跃太频繁了。每当这时，希荣都会在笔记本上记下正允的意见。

研讨会结束后，三个人也会一起吃饭，一起喝酒。你和父母一起生活，正允在学校前面租房，希荣住在老家J市资助的宿舍里。夜深了，你要赶末班车，于是起身离开，希荣写了外宿申请单之后，继续陪着正允，最后在正允家里过夜。

正允做不到彻底隐藏自己的情绪。她掩饰不住对希荣的好感、对她文章的喜爱、当着希荣的面展示自己的心情，以及和希荣在一起时的喜悦，这让你感到孤独。正允是公平而且深思熟虑的人，从未露骨地表达这些感情。因为发生在你的眼前，因为你是随时都能体会到这种气氛的人，所以你能感觉得到。

实习研讨会快要结束的时候，假期到了，校刊的发行日期也确定下来。计划在开学之后发行，编辑部成员要在假期里埋头苦干。制定书的大体框架，确定采访、报道等栏目的负责人。

你负责某个政治相关栏目的一篇文章。这篇文章分析了如何在公共教育中进行意识形态教育。你决定跟随前辈去采访出版过相关书籍的学者。你有自己想写的主题，可是不知道该如何进行，因此没有坚持写自己的主题。奇怪的是，无论怎样努力回忆，你都记不起当时想写什么了。

希荣说她要写几年前发生在B大学的教授性侵事件的分析文章。她带来了相关资料，说明了文章梗概，试图说服其他成员。包括你在内，十位成员的意见分成两派。

反对者的意见是版面有限，应该探讨更重要的主题。金泳三[1]政权晚期的政治、学生运动的分裂和衰退、公权力的滥用等，探讨这些问题的版面都还不够呢。虽说赞成和反对参半，不过你认为反对的声音更有力量。始终保持沉默的正允开口了。

我们应该坦诚相见，版面又不是不够，不会因为多印几页就增加成本，为什么要提到版面问题呢？恐怕是抗拒这个主题本身吧？

我们要搞清楚时代潮流。

这样说的是容旭。容旭是预备役复学学生，社会系二年级。他说世界在飞速变化，没有探讨个人伦理问题的余地。概括起来，他的意思就是堕落的个人伦理只是个人问题，没有必要在应该解读时代潮流的版面探讨。

这不是个别女性的问题，而是研究生院这个社会圈子的畸形权力结构问题。

1　金泳三（김영삼，1929—2015），曾任大韩民国第7任（第14届）总统。

正允这样回应容旭的意见。

这时你想，这样的话终归有力量。这不是女性问题，而是更严重的压迫问题。这样的逻辑总是强有力，可以说服大多数人。正允是否真心相信她自己的话，还不得而知。但是，如果不采取这样的方式，那么有些话题就连讨论的机会都没有了，正允努力让这些问题浮出水面。如果没有正允的坚持，希荣的主题就不可能在会议上通过。

你的文章要出版成书了，这个事实足以令你畏缩。整个假期，哪怕是不开会的日子，你也在收集资料，整理思路。正式动笔后，除了吃饭和睡觉，你把全部时间都投入写作。你希望句子之间能够有机连接，希望每个段落都能发挥自己的作用，希望想说的话都能顺利传达出来。

开会时你大声朗读初稿，前辈们给出了写得端正而真诚的评价。大家说你很好地整理了以前的争议，并且做了贴心的解释。

正允开口了：

但是……看不出自己的想法。我不知道海珍的声音在哪里。应该加入自己的声音，然后重写。

你以为充分陈述了意见，因此你不知所措，不知道应该怎样加入自己的声音。

应该怎么做呢？

你问前辈们。

应该加入多少自己的想法？

你在纸上密密麻麻地记下了前辈们的意见。

十位成员都要大声朗读自己准备的稿子，然后展开讨论，那天的会议时长预计为十五个小时。早晨九点集合开会，午饭后继续开会，晚饭后继续开会，计划在晚上十二点结束。最后发言的希荣直到夜里十一点才朗读自己的文章。陈旧的取暖器稍微散发着热气，凉风透过窗缝渗透进来，你盖着毯子，期待时间快些过去。

直到现在你还记得那个夜晚，尤其是第一次读到希荣的长文时的震撼。你盖着毯子坐在那里，带着双脚冻僵的感觉读她的文章。你还记得当时从二十岁长到二十一岁的自己的样子。

希荣读到文章最后一句的时候，编辑室里阒寂无声。朗读结束了，弥漫在编辑室里的紧张气氛却经久不散。也许别人都知道了，现在的你这样想，希荣有着与生俱来的观察力和坚持到最后的勇气，以及足够支撑这一切的智商。

希荣的优点大都可以通过努力获取，有几样却不是。她能对他人的伤痛深刻共情，更有对造成伤痛的条件的直观认识。这种能力在写作上闪闪发光，然而对生活不仅毫无用处，反而有害。

自从以写作为职业之后，你常常觉得真正应该写作的人都离开了，只有不会写作的你留下来继续写作。这样想的时候，每天都很漫长。

2

那边，不是有话剧部大楼吗……从外面看着像家。前面有条路，两侧好像有树。

正允用手遮挡阳光，皱起眉头望着前面的建筑。仿佛只要认真地看，从前的模样就会呈现在眼前。

对，好像是这样。好像是个带屋顶的小楼。

哦，应该是吧。

正允办完婚礼之后，你再也没有联系过她。婚礼当天，你和正允说说笑笑聊到最后。你在穿着端庄礼服的正允身边拍照，聊天，转身离开后就那样结束了。正允去了美国，再也没有和你联系。

正允和容旭结婚，因为他要留学而去了美国。你隐约回想起当时的失望。为什么是容旭？如果说他们中间有人需要继续深造，那也应该是正允。为什么正允连自己的硕士课程都没读完就放弃学业，跑去美国照顾他呢？当时的你不只是失望，甚至感觉自己遭到了背叛。

你和正允良久无言，默默地注视着建筑物。

你写的报道，我在网上看了。正允说道。

每篇报道后面都有你的邮箱地址，我想过给你发邮件，可是……

为什么会这样想？你没有问。

我发的邮件……你收到了吧？

听了你的问题，正允默默地点了点头。

刊登你文章的第一期校刊出版，你和编辑部成员们走得更近了。编辑部成了你在学校里最舒适的空间。没有课的时候，你就去编辑部和成员们一起打发时间，吃午饭。开会时互相说敬语，平时都很亲切地说平语。进入二年级，新的实习委员加入编辑部，高年级的前辈们不再参与活动，希荣成了实习研讨会的干事。你不再游离。你被那个空间接纳，成了他们的一部分，你喜欢这样的感觉。

编辑部事务成为学校生活的中心，别的事情都往后推了。你会提交报告，参加考试，只是不怎么上课。即使听语言学的专业课，你也经常瞌睡。相反，社会系的希荣却从不旷课，学习也很努力，经常被你和编辑部成员们嘲笑。你是高中生吗？还要再考大学吗？

编辑部里没有事的时候，希荣就去给高中生做家教。人们都说她肯定是高薪家教。课外教育为教育机会不平等做了贡献，而她是为这个市场工作的大学生。有的前辈直言不讳地批判这件事。她又不是没钱。希荣这孩子，仔细想想太贪心了。希荣的特点，往好了说是现实，往坏了说可以解释为庸俗。衣着光鲜，穿高档皮鞋，化着淡妆，凑近了还能闻到香味。直到现在你还能描绘出她的模样。你会想起大家都吸烟的会议时间，偶尔咳嗽的不吸烟者，她的面孔。

她无法彻底融入编辑部这个团体。

那个时候，正允和容旭开始交往了。初夏的酒桌上，容旭把手搭在正允的肩膀，告诉编辑部的成员们：

我尊敬正允。

听了他的话，大家先是感叹，很快就嘲笑他们。编辑部里竟然也能谈恋爱。不可思议。你在说这些话的人们身旁，感到单纯的喜悦。

一起乘地铁回家的路上，你对希荣说：

正允姐姐和容旭哥哥看上去不错，很适合。

你看着希荣，仿佛在征求她的同意。希荣好像没听见，眼睛盯着膝盖上的日报。

不是吗？刚才哥哥说他尊敬正允姐姐，你看见了吧？

我不知道他为什么要说这些。

说完，希荣看了看你。

那么浮夸的事，我不知道。我也不知道正允姐姐为什么要跟那个前辈交往。

你闭上嘴，努力理解希荣的情绪。感觉编辑部里最亲近的正允被人抢走了吗，还是反感每次开会都反对自己意见的容旭？现在的你会想，也许当时的希荣知道。也许希荣已经看透了容旭的心思，他嘴上说着尊敬正允，实则心里感到自卑，因为正允比他引人注目而心怀戒备。

关于希荣的洞察力、写作能力、自制力，以及经营人生的能力，你从不赞美，哪怕只是随口说说。希荣是多么特别的人，从某种意义上说是多么强大的人，这些话应该由你来说。难道你觉得自己没有资格吗？还是担心开口说话的瞬间，狼狈感会变得更加明显？

不过回头看时，希荣似乎总是在期待你的认可——同时开始写作的朋友的认可。所有人都能觉察到希荣的才华，然而希荣自己却从不确信。当时的你并不知道，在逻辑明确地贯彻自己意见的强大面孔背后，希荣还隐藏着自认为没有资格写作，也没有写作才华的痛苦。我应该说出来啊。你无法摆脱这样的想法。每次见到从不怀疑自己、自信满满的受访者，你都会想起希荣。

一起准备这次的主题好吗？

希荣说她想在第二期校刊上探讨家暴问题。

无法可依。即使丈夫家暴妻子，也没有法律依据让丈夫受到处罚。

当时，大韩民国已有针对尊亲属的暴行罪，却没有针对卑亲属[1]和妻子的暴行罪。希荣说她想写关于《预防家庭暴力法》立法运动的文章、采访收容所活动家的文章，还想撰文分析韩国社会被掩盖的家暴妻子问题的社会原因。

我想和你一起采访，收集资料，一起讨论。如果你也愿意的话。

想到希荣相信你，选择你，你感到很幸福。编辑部召开选题会议前，你和希荣一起学习。你们还参加了“献给被打死的女人们的慰灵祭”。你站在与会人群的最后面，看着地面，希荣朝你伸出了手。你和希荣手拉着手，直到慰灵祭结束。希荣的手冰冷而柔软，你不想松开那只手。

选题会上，你没有像从前那样沉默不语。希荣上次讨论的不也是女性问题吗？你应该拓宽关注范围。面对前辈的指责，你努力解释这个选题有多么重要，为什么要在这个版面讨论。当时你感觉浑身滚烫。不是为写而写，而是因为想写才写，还要全心全意地写，这种心情如火焰般裹挟着你的身体，让你感到疼痛。你

1 尊亲属指父母和父母辈及以上的亲属；卑亲属指儿女及儿女以下的亲属。

还是第一次带着这样的心情努力说服别人。会议通过家暴问题之后，你和希荣去了收容所和“女性热线”人权机构，采访促进制定《预防家庭暴力法》的泛国民运动本部负责人，收集惨遭丈夫杀害和为了摆脱家庭暴力而杀害丈夫的女性事例。

二十一岁的你在这个过程中深感愤怒。愤怒于明明女人挨了打，家人却只是冷眼旁观的家庭观念，愤怒于那么多寻求公权力保护的女性最终遭到杀害的事实。走路的时候，吃饭的时候，睡觉醒来的时候，你都被愤怒包围。愤怒犹如无法排出的毒，一天天在你的身体里累积。你的愤怒什么都改变不了，只会粉碎你的幸福，想到这里你感到悲伤。面对亲近的人，甚至面对自己的时候，你变得比以前更严厉、更苛刻。你很容易烦躁，常常为小事生气。你知道自己什么都改变不了，只是被囚禁于自己的愤怒之中罢了。这不是你想要的。

你负责整理 1991 年开始的《预防家庭暴力法》立法运动的历史。这项工作从整理已经付诸公论的被打死女人的历史开始。有的女性长期遭受暴力，为了生存而杀死丈夫。你在纸上记录这些女人的故事，不停地擦拭如同汗水般涌出的眼泪。你边哭边写。那时你才知道，原来心可以与毫不相关的人们紧紧相连。写完文章参加会议的时候，你大声朗读自己的文章，好几次哽咽，不得不中断朗读。

因为长期被殴打就有权利杀死丈夫吗？这怎么能是正当防卫呢？可以报警，可以离婚，总不至于杀人吧。

某男性前辈这样说的时候，你极力不让自己感情用事。

另一位前辈继续说道：

从结论来看，属于双向暴力。像杀人这样的暴力不能容忍。

这时，静静倾听的正允开口了。

你们的心情我不是不能理解，不过为了引起大多数人的共鸣，那些杀害丈夫的女人的故事最好删除。即使删除这些内容，仍然可以指出法律的矛盾，没有必要……

希荣打断了正允的话。

不，必须杀死丈夫，妻子才能活下来，我要说的就是这种社会结构的残忍。这部分不能删除。为什么女人报了警，想要离婚，却还是无法摆脱暴力？我在后面的文章中做了分析，大家可以读一读。

希荣毫不动摇地朗读自己写的文章。这篇文章很坚实，既有明确的主张，也有支撑主张的逻辑依据。尽管你们一起学习，一起准备，然而直到读了希荣的文章你才明白，原来你也是长期活在男人的视线里。你经常阅读那篇文章，直到因为搬家而不小心弄丢了刊登那篇文章的校刊。写作不顺畅或者厌倦了写作，觉得没有任何意义的时候，读读希荣的文章，你会发现令人振奋的东西。你从希荣的文章里获得了力量。

去忠武路印刷厂排版那天，你对希荣说，也许这么想有些自私，不过真希望回到不知道这种事的时候。可是现在，再也回不到感觉这个世界还算不错的时候了。你不像希荣那样强大，你感到愤怒，却又无力，所以你说自己的心正在被腐蚀。

听完你的话，希荣说道：

我觉得你很强大。

希荣站在窗前，望着你。

前辈们说我们应该有责任感，可是我觉得海珍的幸福更重要。没有什么事需要你折磨自己去做。不过……

希荣沉默片刻，又说：

这次和你合作，我很开心。我总是很依赖你。我喜欢你的文章，读完了还想再读。你写得越来越好了。再来一个学期怎么样？

那时你是怎么回答的呢？你为什么没能离开那个地方呢？你选择留下来。你决定继续留下来，重新写文章。你没想到当时的选择会将你的人生带到这里。

3

二年级秋季学期开始，你和编辑部成员们参加校内外举行的各种集会。真怕你进了运动圈啊，你的父亲如是说。看到你没做那些事，过的是校园生活，很好。你记得他放心的表情。他说得对。因为你不属于任何学生运动阵营。不过，你又是集会的参与者，尽管你不在集会的中心，而是站在最后排，站在边缘。

那是难以忘记的场面。

你和希荣参加了被美军杀害的基地村[1]女性的五周年追悼集会。聚集而来的人们声讨驻韩美军的罪行，谴责不敢向美国提出抗议的政府。

正是在那里，你和希荣看到了刊登被美军杀害的女性尸体照

1 “二战”结束后，美国在韩国大量驻军，很多韩国女性或被强迫或被诱骗为驻韩美军提供性服务，韩国政府出于赚外汇和笼络美军的考虑，主动在美军基地附近设立生活区，为这些女性提供生活便利，这些生活区被称为基地村。

片的印刷品。起先你不理解是什么照片。仔细看过之后，你才发现那是死亡女性的尸体。惨遭杀害者的身体。照片下面，简短地印着两年前在全国女大学生代表大会上发表过的文章——

这就是我们祖国的模样！美国的文化可乐瓶深深插进了祖国的子宫，祖国头破血流，祖国的山川都被喷上了白花花的洗涤剂，似乎要遮掩这一切。

看完内容，你急忙叠起印刷品塞进包里。希荣也是这样。你们想这样折叠，挡住那个人的身体。最前排的人还在继续谴责美军的罪行。她是我们的姐妹！

这时，有人在你和希荣后面大声喊道，祖国在犯罪！随后，有人用稍低的声音跟着呼喊，美国在强奸！

你和希荣面面相觑。几个人零零星星喊口号的时候，你转身冲着素不相识的人们说，请停止喊口号，请停止喊口号。没有人认真听你说话。你就像在跟不懂韩语的人们说韩语。你在人群中挣扎着说，请停止喊口号。

很长时间以后，希荣说，比起口号，周围轻轻蔓延的笑声让她记忆更深刻。她无法忘记“强奸”这个字眼给集会注入活力的瞬间。

你拉着希荣冷如冰块的手，逃离了人群。

希荣说她忘不了集会上的事情。回到家里，她将印有照片的印刷品扔进垃圾桶，感觉内心深处裂开了缝。她说整个秋天都在回想那天的事。

当希荣把基地村女性问题带上会议桌的时候，你觉得她已经走出去太远了。那是重大社会政治议题诸多的1997年秋天，希荣提出的问题不合时宜，看起来不像需要立刻处理的主题。其他成员的想法也和你差不多。大部分人不理解，为什么我们要讨论发生在1992年的美军罪行？

不是只写1992年的事件。

希荣说，她想批判性地审视朴正熙[1]时期活跃的基地村现在如何运营，反美阵营又是如何解读1992年事件的。

为什么现在要处理这个问题？容旭问道。

因为现在还有人住在那里。

当前形势下，讨论已经结束的事情有什么意义呢？

我的意思是……

希荣迟疑片刻，说道：

明明蔑视，明明不当人看，却又将她们称为“民族姐妹”，我想解释这个现象。如果加害者不是美国人，而是韩国人，人们会不会也那么愤怒……

看到希荣迟疑的样子，你感觉她和平时大相径庭。那天，希荣没能用逻辑说服其他人。

希荣说的话没有考虑到事件的前因后果。受害者为什么遭到那么残忍的杀害？因为加害者是美军。他们知道无论做出什么勾当，在韩国都不会受到惩罚，所以才犯下如此罪行。还有什么比那张照片更能说明大韩民国是美国的殖民地吗？除此之外，还需要别的解释吗，关于这个事件？

---

1 朴正熙（박정희，1917—1979），韩国现代史上著名的政治家、军人，大韩民国第3任（第5—9届）总统。

几位后辈做了补充发言，似乎同意容旭的主张。保持沉默的正允也说话了。

我们不能不提结构性矛盾。基地村事件是民族矛盾和阶级矛盾孕育的问题。我们应该看到庞大的结构。为什么那个人在那个时候在那个地方遭到杀害？不能脱离结构框架看待这个问题。

姐姐真的这么认为吗？希荣说道。

只要驻韩美军撤离，这种事就会消失。只要祖国统一，这种事就不会发生。女人挨打、被强奸、被杀害的事就会消失，你相信是这样吗，姐姐？

逻辑上有矛盾。正允说。

难道要把民族主权和贫困问题缩小为女性问题吗？

你不知道该说什么，轮番打量着希荣和正允。

姐姐觉得女性问题是小问题吗？我觉得那位女性不论是活着还是死后，都只是被人利用。口口声声说什么“民族姐妹”，为了表达自己的想法而利用那么凄惨的尸体照片……正允打断了希荣的话。

女性问题？你觉得自己和那位去世的女性一样吗？这是不是傲慢的想法？你们的立场截然不同，不是吗？你没有经历过那样的生活，将来也是这样。你并不了解那样的生活，为什么要说那种话？希荣你穷过吗？穷到需要卖身的程度？接受大学教育，穿着好衣服、好鞋子，你觉得你和她是同样的。你可以谈论那个问题吗？

禁止情绪化的讨论。容旭插嘴说道。

当时你感觉正允跨越了不该跨越的线。非要说得那么激愤吗？非要指责希荣的阶级性，进行人身攻击吗？但是，你对正允的话深有同感。关于基地村女性的问题，我们能说什么呢？希荣为什么要引出那个问题？在这里应该讨论更近的社会问题，或者更重要的问题吧？你无法理解希荣。

希荣平静地听正允把话说完。你好奇希荣会怎样反驳正允，没想到希荣只是说知道了，没再多说什么。

下次开会时，希荣第一次亲手废掉了自己想写的主题。

4

下个学期开始的时候，三年级的希荣、四年级的正允和容旭离开了编辑部。一直想要离开的人是你，然而直到毕业你都没能离开。你对自己和希荣、正允编书的最后时光念念不忘。像往常一样，既有某种程度的矛盾和争论，也有失望和沮丧，然而阅读她们文章的喜悦还是更多。能和这样的人共事，这个事实本身就让你感到满足。

你在编辑部工作了近两年，写文章不再像从前那么慢了。你用语言化解疙疙瘩瘩的茫然的想法，你用自己的笔在纸上记录隐约浮现的句子，这时你已不再是那个在人前畏首畏尾的胆小鬼了。你能从深思熟虑之后写下的文章里感受到自己特有的力量。你想继续体验这些瞬间带来的震撼和幸福。看上去那么柔弱的你，内心深处竟也存在着触动和震撼他人心灵的力量。你想用文字呈现这种力量。你想通过这样的方式证明，你，看似微不足道的你，也有感情，也有思想。

如果写作很容易，如果因为有天赋而不努力就能做好，那么你会很容易失去兴趣。困难、痛苦、疲惫、羞愧，有时对自己感到幻灭，然而让你克服这些的也是写作，这个事实令你入迷。写作让你认清自己的局限，写作也让你收获超越局限的幸福，你无法回到认识这个事实之前了。

直到现在你还不是很清楚，希荣为什么再也不想见正允。

虽然离开了编辑部，不过希荣还是经常和你以及编辑部的后辈们见面。只要是正允参加的场合，希荣就从不露面。有一次聚会，听说正允要来，希荣慌忙离开了。为什么要回避正允姐姐？你问。希荣说，不知不觉就这样了，不过我也不是讨厌正允姐姐，我很喜欢她，但我很痛苦，所以才会这样，请你理解。她的话让人无法理解。

正允则以冷笑回应。她说，我对希荣无所谓了，没有任何意义，这种人。

你并非不在意她们之间的关系，只是你的生活也很忙，无力介入她们之间。为了弥补一二年级的成绩，你必须认真听课，还要参与编辑部工作，同时准备到媒体就业。你写完文章常常给希荣看。希荣还像一起写作的时候那样，用红色普乐士笔在你的稿子上标记出需要修改的地方。

正允和希荣在同一学期毕业。正允曾经休学一个学期，希荣则是提前毕业。果然像大家预想的那样，正允考上了历史系研究生院。希荣安安静静地开始了基地村活动家的生活。大学期间走得那么近，然而希荣从来没跟你说过她的计划。

很久以前就有这个想法。

工作之后，希荣对你说。

她说自己被基地村活动家们编写的刊物吸引了，认为那才是自己应该去的地方。看着希荣说这话时的面孔，你无法不为之动容。你为希荣惋惜。希荣的才华、希荣的能力要浪费到这些活动上了。你摆脱不掉这样的想法。

那年冬天开始的时候，希荣邀请你去她家。下午五点多，天色暗淡下来。你走出地铁站出口，希荣蹲在对面的路边，穿着你以前从未见过的绿色羽绒服和宽松的纯棉长裙，脚上是毛皮靴。这样在陌生的地方见到久违的朋友，你既尴尬又欣喜，激动到手足无措。你焦急地等待着信号灯。绿灯还没亮，希荣抬头看见了你。那时的希荣看起来是多么幸福，直到现在你依然记得。她挥舞胳膊，在空中画了个大大的圆。

过了马路，你和希荣去了她常去的饺子馆。

尽情点吧，剩下的打包带走。

希荣仿佛看穿了你的饥饿，将菜单上的食物每样都点了一份。肉馅饺子、泡菜饺子、方便面、麻花、豆沙包……你和希荣坐在三脚椅上呼呼吹气，狼吞虎咽地吃光了那么多的食物。光顾着吃了，你们没怎么说话。这个好吃，这个也尝尝。要不要再吃点儿腌萝卜？你们只说了这些话。

走出饺子馆，通往希荣家的路很黑，感觉越走越开阔。

没有高的建筑，夜里真的很黑。

长长的影子投射在你和希荣面前。

希荣的家在砖块砌成的三层多户住宅的顶层。你脱下鞋子踩着地板，脚底烫得仿佛着了火。

你要来，我就加热了房间，结果就这样了。

希荣打开窗户，铺上毯子，让你坐在上面。毯子冷冰冰的。坐在毯子上的你环顾四周，房间里很整洁，几乎没什么家具。一个房间，一间客厅，大小很适合一个人。

坐在那里，你和希荣分享着很久没聊过的话题。你说起了你的焦虑。你说你想到报社或杂志社工作，不知道行不行。你说亚洲金融危机让就业变得异常艰难，还说起你父亲被裁员的事。

希荣也说起自己的事。她说她定好食谱出去买菜，在餐厅里做饭，和姐姐们分享。她说她帮着姐姐们照顾孩子，修理收容所里出故障的洗衣机，听姐姐们倾诉苦衷，听她们讲没有按时发工资遇到的困难。她说休息日还要抽空出去打工。

你看着希荣的表情，小心翼翼地说道：

我还是希望你能从事写作。

希荣想笑却笑不出来，怔怔地看着你。

凭你的才华，应该可以从事擅长的社会运动。

现在，我也不知道……

说到这里，希荣扶了扶眼镜。

我不知道写作是不是真的了不起。真的是这样吗……我在这里写作，真的要比和姐姐们一起做饭、打扫卫生、照顾孩子更高尚吗？真有那么了不起吗？如果有人这样问，我会说不知道。

希荣望着敞开的窗户，继续说道：

我不想成为那样的人。有人觉得只要阅读和写作，就在某种程度上完成了分内之事，甩掉了负债感。有人仅仅靠批判不正义就感觉自己成了正义的化身，从而觉得自己永远正确。以前在编辑部工作的时候，我好像就是那样的人。我是那样做的，也许别人有所不同吧。

说到这里，希荣温柔地看着你。

正允姐姐说过，这个问题让我无法写作，也许她说得对吧。有时我感觉姐姐们的心和我贴得很近很近，我似乎能理解她们的心情，这种时候我就会想起正允姐姐的话。可就算再活一次，我也还是不知道，不要误会。

你在希荣家过了夜，回去的路上想起希荣稚嫩的脸庞。那是心里有爱的人才有的面孔，那是心里怀着孤独的爱的人才有的面孔。

5

三十九岁的希荣并不孤单。听说她牵着爱人的手离世的消息，你在悲伤的同时也感到稍许安心。

作为新晋记者，你连觉都没睡好就往返于警察署采访的时候，希荣好几次打来电话，只是喊了声“海珍”，然后什么话都没说。“我只是，想听你的声音……”那是希荣的声音。通话时间不到三分钟，那时你或许并不想和她通话。尽管你不想表现出来，然而希荣似乎读懂了你的心思，没有再打电话。回头再看，那应该是希荣参与基地村活动的第三年，也是她即将辞职的时候。正允和容旭婚后去美国也快一年了。

希荣没有跟你解释当时的事情，只是偶尔说有被孤立的感觉。

希荣在食品公司总务部工作了很长时间。偶尔见面，她会带来你喜欢的咖喱粉。这期间你从社会部到文化部，再到社会部、政治部，没有停止写作。希荣从未说过读了你的文章。作为不再写作的人，似乎没资格对你的文章指手画脚。可是，希荣的声音依然与你同在，唤醒你，督促你，让你对自己的确信产生怀疑。

刚做记者那会儿，你去采访的集会上，听到人们唱起 *Fucking USA* 的时候，你想告诉希荣，为了追悼牺牲者的冤死而聚会的人们唱出这样的歌声，让你很想捂住耳朵，然而这种想法不能告诉任何人，于是你像受罚似的站在那里听歌。你说你想拉着希荣冰冷的手离开那个地方。你说你想哀悼，不想在年轻的死亡面前兴致勃勃地唱歌。你觉得只有希荣能理解你的心情。

希荣和疾病斗争了三年。她让你不要把她生病的事告诉别人，可是到了最后，她用电脑打出简短的句子发给你，拜托你将那些句子发给大学时代的人们。不过，她有个附加条件，那就是在她死后再发送。死也不希望别人来看自己，希荣开玩笑说。

按照希荣的心愿，你在葬礼之后给人们发了邮件。这些人当中有正允。“转告正允姐姐”，希荣在给你的邮件里写道。

姐姐，请原谅我没做到对姐姐宽容。那么想爱你，可是不懂如何去爱。没有给你回信，对不起。想念你很久了。保重。

正允读了邮件，没有回复你。

正允似乎有话要说，迟疑了好几次，终于说道：

毕业之前，我曾在话剧部楼前见过希荣。她迎面走来，我俩谁也来不及回避。那条路，很窄。

正允指了指前面，仿佛看见了那个地方。

你，毕业之后要去做社会活动？我问。她说是的，同时看着我，看起来很轻松，比我每次见过的希荣都轻松。我忘不了那张脸。每次想起希荣，最先浮现出的就是那时的脸孔。

五月的正午快要过去了。你抓住正允摇晃的肩膀，走到她身旁坐下，心里想着现在还不知道什么已经过去，什么依然如故。你继续靠近正允，让她可以靠在你的怀里。

消失的，

永不消失的

1

基男在行李传送带前站了很久。从仁川机场托运的两个行李箱，其中一个没有到达。一个小时过去了，传送带上已经空了，同机抵达的乘客们也都走了。基男站在那里，心里七上八下。

“您有什么事吗？”

戴着红色棒球帽的年轻女人用韩语问基男。基男说明完情况，女人便带基男去了遗失物窗口。站在人群后面排队的时候，女人问基男来香港有什么事。

“小女儿住在这里，五年没见了。”

“五年？”

“是啊。以前孩子在美国生活，后来搬到了香港。”

“您是第一次来香港吗？”

“是的，第一次。”

没等女人发问，基男就说自己还有个七岁的外孙，名字叫迈克。素不相识的两个人有些尴尬，反而说了不少话。不一会儿，窗口职员招了招手。

女人把基男的行李托运证递给工作人员，同时用英语交谈，然后对基男说：

“您有居所地址吗？一两天内就会送过去。”

基男递上写有女儿家地址的字条。

“不用担心。这种事不常见，不过也时有发生。”

看着像大学生的年轻女人对基男非常友好。初次见面的人对自己这么亲切，还提供帮助，基男感到小小的震撼。去入境大厅的路上，女人也不停地说话，基男紧张的心情稍微放松了。入境大厅的自动门开了，她看见站在前面的宥景和迈克。宥景冲着基男挥了挥手。

“我女儿，在那里。”

女人想不到在短暂的时间里，基男对她是那么依赖、那么感激。

“祝您在香港度过愉快的时光。”

她冲基男笑了笑，离开了。

“怎么这么久？”

宥景问道。

“有个箱子没到……”

“迈克，跟外婆问好。”

迈克怔怔地注视着基男，低头问好。

“外婆，您好。”

说完，迈克走到基男身旁，挽住她的胳膊。婴儿时期见过一次，后来再没有见过面，她还担心孩子怕生或者讨厌自己，现在总算放下心来。迈克怎么也猜不到基男有多么想念自己。

“这孩子很随和，妈妈，把行李给我。”

他们乘坐出租车去宥景的家。离开韩国的时候连日寒流，还下了鹅毛大雪。香港天气晴朗，同是十二月份，香港的冬天却近似于韩国的晚秋。在出租车上，宥景问基男路上顺不顺利，没到的行李箱里装的是什么，有没有马上需要的东西，事无巨细逐一询问。基男回答了宥景连珠炮似的问题，同时将目光转向刚才就在努力吸引自己注意的迈克。迈克拉下口罩，让她看自己掉了门牙的样子，还挽着基男的胳膊，将头靠了过来。圆圆的小脑袋碰到基男的胳膊，基男的心里荡起了温暖的涟漪。

下了出租车，高层建筑物的入口出现在眼前。他们乘电梯到了十七层。那是L形的走廊式公寓，每层居住的人口似乎比韩国公寓多得多。宥景家位于走廊的尽头。打开门，系着围裙和宥景年龄相仿的女人迎接他们。

“珍妮！”

迈克跑向她，开始说起了英语。

“妈妈，这是我们的帮佣珍妮。”

“您好。”

珍妮低下头，用韩语问候基男，然后去了厨房。她在宥景家生活了一年多，这点基男早就知道。

走进玄关，走廊两侧各有一个房间，前面也有一个房间。宥景打开走廊右侧的房门。

“这是迈克的房间，有点儿小。行李放在这里就可以。”

说完，宥景把基男的行李箱放进迈克的房间。迈克的房间里放着书桌和单人床，一个塑料收纳柜，比预想的还小。这时迈克进来了，宥景像提醒似的说道：

“从今天开始，外婆要和迈克一起睡了，你不要打扰外婆。”

“我喜欢外婆！”

说完，迈克把头埋进基男的臂弯。

“还有这里。”

宥景打开对面的房间。置物架从地板延伸到天花板，上面堆放着各种各样的杂物。

“这是珍妮的房间。”

说完，宥景带基男去了客厅。好像只剩下宥景夫妇的卧室没看了。客厅里摆放着玻璃茶几和皮沙发，对面是壁挂式电视。窗外可以看见小广场和地铁站入口。客厅和厨房之间摆放着四人餐桌。厨房边上好像是个小型洗衣房。

“这个公寓比我们在洛杉矶的房子还贵。香港物价就是这样。”

这时，珍妮端来盛着橙汁的杯子，放在桌子上。

“我是怕吓到妈妈才说这些。妈妈的女儿，没有破产。詹姆斯的工作在这儿进展得更顺利。”

宥景拿起果汁杯，放在嘴边。

“我知道詹姆斯让妈妈感觉别扭，不过詹姆斯也邀请了妈妈。”

听说詹姆斯去出差，第二天才回来，基男放心了。

那天晚上，宥景带基男去了可以通过落地窗看香港夜景的酒店西餐厅，吃了放入酸甜酱汁的炸鱼、白灼蔬菜和香喷喷的鸡蛋面。宥景拦住想点可乐的基男，让她喝茉莉花茶。基男乖乖地听了宥景的话。

宥景以年轻时尚女性的模样坐在基男面前，无论妆容、发型还是衣服、皮鞋都很时髦。在西餐厅的灯光下，她认真说话的样子也让基男感到陌生。

宥景高中毕业就去了美国留学。大学毕业后从事计算机方面的工作，二十五岁左右与美国韩侨詹姆斯结婚，生下迈克。自从去了美国，宥景单方面和在韩国的家人保持着距离。即使对极其疼爱她的父亲也保持着冷漠的态度，与姐姐真景更是不说话。

“姐姐最近在做什么？”

“在研究所上班。”

“公司的人都知道吧？”

“什么？”

“还能是什么。”

宥景冷冷地笑了。

“这丫头也不想这样。”

宥景放下水杯，开口说道：

“这丫头已经四十二岁了，妈妈还把她当小孩子吗？”

“她是你姐姐，怎么能说这丫头？”基男极力保持平静，说道，“你姐姐身体不好。”

宥景立刻转移话题。她说起搬到香港之后不得不换了两次帮佣，说起迈克的学校……基男仍然没能走出刚才对话的余波。

香港的夜晚，街上下着细雨。小时候，基男很想知道香港的夜有多华丽、多漂亮。收音机和电视里，人们经常赞美香港的夜色。说的真没错啊，从没见过这么华丽的夜景。高楼大厦和灯光、激光秀……有的高层建筑上随时都有光线编织出不同的图案。真没想到有生之年还能看到这样的风景，正如基男生命中发生过的所有的事情。

宥景家里很冷。尽管盖着填充棉花的薄被，然而凉丝丝的冷气还是不容小觑。基男起身披上挂在衣架上的羽绒服，然后静静地站在那里，呆呆地注视着迈克睡梦中的脸庞。果然是小孩子，好像睡得很沉。基男像深夜看篝火似的盯着迈克看了许久，然后躺了回去。

她像往常一样吃了半粒催眠药，还是难以入睡。基男从小睡觉就轻，上了年纪更是如此。即使小小的声音也会醒好几次，睡得很浅。五点钟，她睁开眼睛，睡不着了。基男去卫生间小便，然后照了照镜子，眼睛红了。她用手指梳头，几根头发从指缝间轻轻掉落。

照了半天镜子，基男看到自己常戴的小小的金耳环不见了。那是配有固定装置的耳环，除非刻意取下，否则不会掉落。基男拿出手机，看了看自己的照片。那是昨天晚上宥景在西餐厅拍的，当时还戴着耳环。卫生间置物架、自己的单肩包、昨天穿过的裤子口袋、羽绒服口袋，她统统翻过了，哪儿都没有。几个小时后，吃早饭的时候，基男对宥景说：

“我的耳环，不知道掉在哪儿了。”

“应该是摘下来放在什么地方了。”

宥景吃着吐司，说道。

“我从来没摘下过……到处都翻了，还是没有。”

宥景冲着站在水槽前的珍妮说了几句英语。基男听不懂内容，不过感觉很冷、很锐利。珍妮摇头作答，宥景提高了嗓门儿。直到迈克跟宥景说了几句英语，宥景才停了下来。厨房的空气里充满了明显的紧张感。

“妈妈，耳环会自己掉吗？应该是摘下来放在哪里了，小心点儿。这里住的不止我们家人，妈妈却……”

“这是什么意思？”

“我让你对人小心点儿。”

基男注视着笑容从迈克脸上消失的样子。基男极力笑了笑，跟迈克说话。宥景好像忘记了刚才的争吵，爽朗地说着话。基男静静地看着珍妮整理厨房的背影。迈克吃完饭，珍妮拿起迈克的书包，带他出去了。珍妮说送他上学。早餐的碗筷放在洗手池里，基男朝那边走了过去。

“不用管，那是帮佣的工作。”

“又不多……”

“妈妈这样的话，珍妮会感觉不舒服。还有，珍妮帮你拿东西的时候，你不用每次都说‘Thank you’。没必要对干活儿的人这么好。妈妈一定要记住。”

基男没有回答，把清洁海绵放在洗手池里，回房间去了。来香港不到一天，她已经感觉累了。宥景应该也累了，基男心想。因为基男要来，宥景连续请了两天假，周四和周五。算上周末，她可以和基男共度四天时间。宥景说今天会带基男参观香港的旅游景点。关上房门，基男开始吃药。降血脂药、降压药、抗抑郁药……吃完药，她按顺序往眼睛里滴了两种眼药。

基男调整心情，做起了出门的准备，穿上为了给宥景留下好印象而买的象牙色针织连衣裙和高筒袜，外面套着黑色羽绒服，背上栗色毛线织成的单肩包。嘴唇上涂了粉红色口红，戴上口罩之后，基男走出房间，看见宥景正打开珍妮房间的门，翻找抽屉里的杂物。宥景从杂物里拿出黑色的长柄雨伞，递给基男。

“什么时候得整理这个房间了，搬家行李只拆开了箱子。”

地上整齐地叠放着珍妮的被褥。

小时候，基男的房间在厨房旁边。那个房间有两扇门。连着后院的门上了锁，而连着厨房的推拉门却锁不上，任何人在任何时候都能打开。现在每到冬天，基男的心情还是会变得沉重。她的身体记得，住在那个房间里的每个冬天是多么寒冷，那是多么难以忍受的痛苦。每次做梦，基男都去那个房间。已经过去五十多年了，直到现在，基男在梦里还是住在那个地方，只是自己变成了现在的样子。

基男九岁就干起了厨娘的活儿。除了基男之外的七名家庭成员的饭桌要整理，还有洗碗、扫地、擦地，之后还要手洗衣服、做饭。尽管这样，基男还是觉得自己和普通厨娘不一样。谁会让厨娘上学呢。邻居们看见基男走过，都会叫她权社长家的厨娘。邻居家有四个孩子，最小的孩子比基男大三岁，总是开朗地叫她厨娘姐姐。不过，别的孩子都叫基男的名字。

基男从小就渴望成为权社长家的一分子。她想，如果自己竭尽全力做好，也许就能成为家庭成员。不管听到别人怎么说，不管遇到什么事，她都努力往好的方面想。这样欺骗自己要比承认自己孤苦伶仃的事实更容易。随着时间的流逝，一次次自我欺骗之后，基男终于接受了对他们来说自己什么也不是的事实。

小学毕业后，基男到权社长的工厂厨房里工作。她和金女士两个人负责三十人的饭菜。金女士的腰直不起来，但是手脚麻利，很有力气。八个孩子都长大成人离开了家，她说不干活儿，身体反而难受。基男做错事的时候，她会大声吼叫。她不爱说话，也不爱笑，所以起初基男不喜欢她。基男说托了社长夫妇的福，自己从小就有人照顾，还读了小学。她吐着烟说：

“你托了什么福？在这里干活，连工资都不给吧？社长家使唤小孩子做这做那，还往自己脸上贴金。”

从来没听过这种说法的基男不喜欢听她说话。

“权社长，不是做亏本买卖的人。你以为是好心养你吗？你们家人出了钱，把你托付给他们家。我亲眼所见。”

她说基男的父母像权社长家那样富有，只是觉得养孩子麻烦罢了。没有儿子的家庭生了第六个女儿，忍无可忍，于是便宜卖出去了。

“披着人皮，却犯下这种罪……”

她连连咂舌，手在剥蒜。基男听了这些话，刚开始觉得很别扭，然而自从认识金女士之后，她开始换个眼光看权社长家人了。他们无所不有，却很吝啬。最冷的日子里，他们对基男冰窖般的房间视若无睹，随时开门，哪怕是个小东西也要让基男去拿。他们因为担心基男多吃肉，便随时盯着她，哪怕水果剩下了，烂掉了，也不给基男。这些基男都知道，只是她极力让自己相信，他们有着自己不知道的苦衷。只有这样想才比承认自己被人利用少些痛苦。认识金女士后，基男将一直以来赖以生存的欺瞒连根拔起。她鼓起勇气朝权社长索要工资。渐渐地，基男对权社长产生了深深的愤怒。这种愤怒成了基男的解药。

2

上船之后，感觉像是进入了巨大的水晶球。船随着波浪起伏，港湾两侧密密麻麻地矗立着高层建筑。不像现实中的风景。基男跟着宥景到处参观，还去了据说是张国荣经常光顾的饭店，吃了港式早茶，平生第一次乘坐叮叮车。

船起航了，宥景走到船头，靠着船身，注视前方。她的长发在风中凌乱地飘舞。宥景总让她感觉是距离自己最远的人，即使物理距离很近的时候也是这样。

宥景出生于真景八岁那年。宥景不同于性格腼腆、安静的真景，是个性格活泼、积极主动的孩子。她在街巷里和孩子们玩耍的时候总是当队长。丈夫对宥景表现出明显的偏爱，对于真景连句小小的赞美都没有，要求也很严格，然而对宥景温柔有加，喜欢当着真景的面表扬宥景。姐妹俩发生争吵的时候，丈夫下达的判决总是“姐姐错了”。宥景跑着玩闹的时候受了伤，丈夫会对真景大发雷霆，说你是干什么的，连妹妹都照顾不好。真景从来不顶撞爸爸。“对不起，爸爸。”“我错了，爸爸。”真景随时做好道歉的准备。

真景读博士，宥景读高三那年，有一天夜里，真景从二层楼梯滚了下来。她喝了酒，踩空了。“妈妈！”听到宥景的尖叫，基男跑了过去。真景摔破的额头正在流血。真景喝得酩酊大醉，眼睛都睁不开，浑身散发着刺鼻的酒味。

“姐姐酒精成瘾了。”

第二天，全家人吃晚饭的时候，宥景这样说道。基男说宥景胡说八道。真景是个诚实且聪明的女孩，负责研究室里的大项目，周末也要上班。从来没有在喝酒后惹事，也从来没有超过十二点的宵禁时间回家。基男想，虽说经常喝酒，可毕竟是二十多岁的年轻人嘛，跟同事喝酒也情有可原。

“宥景说得对。”

真景说完，默默地低下了头。

“你到底是怎么养孩子的！”

丈夫冲着基男大声喊道。

“你打算毁了孩子吗？”

“爸爸！”真景大声喊道，“不要怪妈妈，这是我的问题。”

“你算什么，敢在这里嚷嚷？”

“对不起，都是我的错。”

没等真景说完，宥景站起来去了二楼。

“我是怎么培养你的，你不知道吗？花那么多钱让你读博士，这就是你对我的回报？”

“对不起。”

“马上收拾行李滚出去！”

“对不起，对不起，爸爸。”

如果阻止真景到底，如果劝说丈夫，结果会有不同吗？当时基男断定丈夫的心意难以挽回。可是，真的只有这个原因吗……望着起伏荡漾的海面，基男陷入了沉思。那时她只想逃避丈夫和真景之间的矛盾，不是吗？借口无力改变丈夫的顽固，而让真景从丈夫眼前消失，不是吗？因为她知道，这是最简便的方式。

真景离开家后，丈夫似乎比以前更轻松了。既不在餐桌上说真景的难听话，也不会疯了似的大发雷霆，家里好像恢复了平静。没过多久，宥景去了美国。她不肯回韩国，也从不邀请家人去美国，只是邀请他们参加了在美国举行的婚礼。

宥景比任何人都难以接受酒精成瘾的真景。起先她感到愤怒，责怪真景，去了美国之后，她就把真景当成不存在的人。提到真景的时候，她就表现出决绝的冷漠。宥景看不起真景。五年前，宥景邀请真景和基男来美国显得格外特别。那是父亲去世半年后的事。

船停在对岸的码头。

“坐会儿再走吧？”

面对基男的提议，宥景点了点头。两个人坐在长椅上，望着金光闪烁的天空和大海。

“最近还每天去乒乓球馆吗？”

宥景问道。

“每天都去，所以身体好了，还来了这里。”

“去了多久？”

“五年，从美国回来后第一次报名。”

基男看着宥景。宥景背后，落山前的太阳正射出光芒。太耀眼了，基男眯着眼睛，用手遮住阳光。

“多亏了你，我还能看到这样的风景。上次是美国，这一次是香港，要是没有你，我怎么可能来啊。”

“这有什么，有人生活的地方都一样。”

既然这样，那宥景为什么不能在韩国生活呢？基男很想问。

“要是真景也来……”

“当时在美国，她那副样子你也看到了，还有这种想法吗？”

基男没有回答。

五年前应邀去美国的时候，真景没有住在宥景家里，而是住到了留学的大学同学家。十天里，她只去过宥景家两次。基男和真景到达美国的第二天，宥景请真景吃晚饭。陌生人看了会觉得气氛很愉快，然而听着两个女儿之间过于轻松和明快的对话，基男感到心痛。因为基男看见了她们竭力不表露真实感情的样子。

在美国的那段时间，真景已经戒酒很长时间了。她身上不再有混合着香水味的淡淡酒味，真景也对戒酒很有信心。在宥景家，真景一口酒都没喝。基男小心翼翼地告诉宥景，真景已经戒酒半年了。尽管宥景并不相信基男的话。

离开美国的前一天，宥景邀请真景吃最后的晚餐。真景刚刚进门，基男闻到了熟悉的气味。浓郁的香水味掩盖着特有的酒味……除此之外，真景的言谈举止间都找不出她喝酒的证据。宥景似乎也没发现真景喝酒了。基男小心翼翼地把真景拉到外面，让她不要靠近宥景。

詹姆斯把大家叫到客厅，展示自己和事业伙伴去博茨瓦纳度假的照片。他打开电视屏幕，逐一介绍那些照片。手机拍摄的照片很普通。在飞机上拍的天空、酒店大堂、食物、当地人……接下来是站在落满灰尘的大汽车前竖起大拇指的詹姆斯和中年白人男子的合影。随后是草原风景。

“看这个。”

詹姆斯爽朗地笑着看了看基男。画面上是倒向旁边的大象。詹姆斯和白人男子分别提着长枪，站在大象的脑袋旁开心大笑。詹姆斯从多个角度拍摄了很多照片，一一投射到屏幕。近拍，远拍，还有大象面部沾血的特写……“纪念照片”在继续播放，基男假装看照片，视线却转向屏幕角落。

“那是什么？后面的东西。”

宥景指着屏幕问道。

“啊，那个？反正妈妈死了，它也活不了，就开枪打死了。”

听到詹姆斯的回答，真景站了起来。真景双手捂嘴，紫色的液体从手指缝流了下来。真景在呕吐。宥景拿起沙发上的海滩浴巾，朝着真景走去。宥景跪在真景面前，擦拭被染成紫色的象牙色羊毛地毯。基男回过神来，连忙拿起桌子上的纸巾盒，帮着呕吐的真景擦脸和手。真景充血的眼睛、花花绿绿的脸、脖子和耳朵……基男记得当时只听得见天花板上风扇转动的声音。也许是什么都没吃，只喝了红酒的缘故，呕吐物只有单纯的紫色液体。

“好像是累了……还有时差。”

基男红着脸自言自语，真景去了卫生间。宥景开口了：

“李真景现在还喝酒吗？”

宥景话音刚落，基男的脸、后背和胸口都像着火似的滚烫而刺痛。她猛然回头，发现詹姆斯双臂交叉在胸前，看着自己。

他的背后是倒在自己鲜血里死去的小象，以及旁边大笑的三个男人。

“我问她现在还喝酒吗？”

基男朝宥景摇了摇头。

“那这算怎么回事？”

宥景把海滩浴巾递到基男面前，然后走开了。象牙色地毯上留下了浓重的紫色痕迹。基男用纸巾擦着地毯。

“不用管了。”詹姆斯说，“不用管，坐下休息吧。”

詹姆斯关掉屏幕，坐在基男对面的沙发上看手机。窗外有小孩子骑着自行车经过。基男静静地坐着，感觉全身的血液都集中在了脚底。不一会儿，真景从卫生间里出来了。好像是用水清洗过衣服前面的污渍，连衣裙前摆都湿了。

“我走了。”

“这么早就要走了？”

詹姆斯微笑着挥了挥手。

“要不要帮你叫优步[1]？”

“詹姆斯。”

真景低声说道。他脸上的微笑消失了。基男站起来，抓住真景的胳膊。“别说了，忍一忍。”话没说出口，不过真景似乎读懂了基男的心思，继续平静地说道：

“优步就算了。妈妈，我走了，不用出来了。明天机场见。”

基男静静地注视着真景拿起包，走向外面的背影。

1　优步（Uber），美国知名的打车软件。

谁都没有说出口，然而那天的事情却又分外清晰，仍旧停留在宥景和基男的沉默里，没有消失。

3

和宥景度过了一天，回来后基男彻夜难眠。多吃了半粒催眠药，也没什么效果。开门声响起。半夜一点。明亮的光从门缝里渗透进来。

她听见宥景和詹姆斯在走廊对话的声音。看来是詹姆斯出差回来了。平时他们都是用韩语说话，不知为什么，现在说的是英语。内容她听不懂，气氛显然不是很好。听着宥景的声音，基男知道宥景此刻正在为某件事生气，怀揣着需要向丈夫倾诉的苦楚。因为刚才提到了真景吗……这种程度的交谈应该可以接受吧？宥景和詹姆斯谈了三十多分钟，回房间了。基男辗转反侧了很长时间，好不容易睡着了。

睁开眼睛，迈克躺在旁边看着她。

“外婆。”

“嗯。”

“您做梦了吗？”

“好像是吧……”

“很难过吗？”

基男静静地看着迈克。

“有点儿难过。”

“没关系，那是梦。”

孩子露出了微笑，看着基男。迈克像个漂亮的玻璃球。尽管在一起才几天，不过基男似乎对迈克产生了很深的感情。

“今天只要好好玩就行。”

“我会的。”

“一言为定。”

基男来到客厅，看到宥景站在厨房里切杧果。

“珍妮在哪儿？”

基男问道。

“周末她不在家。”

“那她在哪儿睡觉？”

“我怎么知道，应该有地方住吧。”

基男不能理解宥景的无情。从来都是这样。她小时候很喜欢班主任老师，然而到了第二年就彻底和老师变成了陌生人。“你不想老师吗？”基男问她。宥景回答：“我为什么要想老师？”进入青春期，宥景说基男的感情过于丰富，太过依赖别人。

“迈克，爸爸昨天晚上回来，今天早晨又出去了。他很忙。”

迈克用英文简短回答，然后坐在餐桌旁，拿着叉子吃水果。

“妈妈的行李还没有消息。要是里面有重要东西，那可怎么办啊？”

那个行李箱里大部分都是送给宥景一家的食物和礼品。听宥景说迈克喜欢乌龟，从那以后基男就开始收集乌龟形状的娃娃、玩具和贴纸，以及有乌龟的图画书，这些都装在尚未到达的行李箱里。

基男、宥景和迈克坐出租车去缆车乘车点。迈克炫耀似的介绍说，他们要乘坐的是亚洲最长的缆车。缆车在大海上穿行二十五分钟后，到达有大青铜佛像和寺庙的岛。

也许还是早晨的缘故，队伍不是很长。不一会儿，基男就和他们两个上了缆车。缆车快速离开停车场，移动在空中。地板是玻璃的，可以清楚地感知到自己飘在多高的地方。一开始她胆战心惊，然而随着温暖的阳光照进缆车，她感觉慵懒而轻松。很快，缆车在大海上空移动，无边无际的大海映入视野。晨曦中，大海表面像褶皱的玻璃纸似的闪闪发光。

“外婆，您知道乌龟能活多少岁吗？”

“这个……一百岁？”

“巨龟能活一百五十岁。一只名叫‘阿德维塔’的象龟活了两百多岁！”

迈克像是在炫耀了不起的朋友，脸上露出心满意足的笑容。和迈克相处几天，基男对乌龟有了很多了解。关于陆龟和淡水龟、沼泽龟的差异，关于乌龟的肺相当于鱼鳔……迈克不停地讲述乌龟。关于乌龟的复杂学术名称，他也能不假思索地说出来。看到迈克这样，基男感觉到久违的心动。迈克长大后会是什么样，会有怎样的经历，她充满期待。这样深入喜欢某件事并逐步了解的孩子，世界对他来说就是探险之地，充满惊人发现的地方。迈克说了很长时间，然后靠在基男身上睡着了。基男的视线转向宥景。她坐在对面，戴着浅褐色的太阳镜看着窗外。

宥景邀请基男来香港的时候，她既高兴又安心。她努力让自己平静，可是不知道为什么总是很兴奋，还跟乒乓球球友们炫耀自己要去女儿家。宥景偶尔打来视频电话或发送迈克照片的时候，基男都会向乒乓球馆的人们转述通话内容，还给他们看照片。她会说大话，仿佛自己和宥景之间非常亲近。她不能告诉任何人，女儿比谁都难相处。

这次旅行也不例外。不知从哪个瞬间开始，基男害怕自己会在宥景面前犯错，日常对话也很小心。第一天宥景问这问那，说了很多，渐渐地，她的话也越来越少。基男本来暗自期待，也许这次能缩短彼此之间的距离。现在她觉得自己的想法很愚蠢。邀请她来香港就应该谢天谢地了，期待更多，就是她的错了。

宥景从小就喜欢爸爸胜过喜欢基男，然而那时她们之间还不存在像现在这样的距离感。从什么时候变成了这样呢？基男独自思索的时候会像小孩子似的掉眼泪，也会想起宥景小时候两人发生的几次矛盾，至于具体原因则想不起来了。上了年纪后就只剩下家人了，一起打乒乓球的人这样说道。基男假装不以为意，然而走在回家的路上却心潮起伏。宥景连爸爸的葬礼都没参加。

丈夫的葬礼冷冷清清，让人难以相信是白手起家的企业家的葬礼。生意落败后，几乎没有人来找丈夫了。几乎断了联系的宥景给丈夫造成的伤害最为深重。他觉得失去了从前的财富和名誉，连女儿都躲着自己，然而事实并非如此。因为当他在成功轨道上奔跑的时候，宥景就和家人拉开距离了。

坐上缆车不知过了多久，基男面前显现出巨大的佛像。佛像保持着坐禅的姿势，一手置于膝盖，另一只手掌心向前。巨大的莲花台将佛像围在中间。佛像后面只有天空，看起来犹如飘浮在空中。

“迈克也不知道像谁，这么爱睡觉。”

看着靠在基男身上睡得正香的迈克，宥景说道。

“你这么大的时候也爱睡觉。”

“我？”

“当然，恐怕没有谁像你那么能睡。”

“我不太记得了。”

“怎么不记得，你小时候不还在公交车车库里睡着了吗？你那么小，公交车司机一开始都没看见你……”

“妈妈，这个事你再说一遍就一百遍了。”

宥景从包里拿出手机，不知给谁发了信息。基男对那天的事记得清清楚楚。到时间了孩子还没回家，她特别担心，看见很晚才回来的孩子又有多么安心……那时宥景十一岁。那天的事，她不记得是否跟宥景说过。她正要开口，宥景的电话响了。

“我们在坐缆车。嗯，迈克睡着了。一会儿看看风景，然后去参加杰西卡的生日派对。是的，妈妈您也保重。去医院了吗？那就好。院子里的活儿慢慢来，否则手腕受不了。啊……我没事。我现在和妈妈在一起。是的，我再打给您。”

宥景把手机放进包里。

“是迈克的奶奶吗？”

“嗯。”

“那边现在是几点？”

说完，基男想要掩饰自己的感情。宥景语气里透露出的亲密感，“身边有人不方便，我们以后再说”的态度，举行生日派对的杰西卡是谁都无须解释的日常分享，这些都刺痛了基男的心。

基男第一次见到亲家母是在宥景的婚礼上。她个子很高，穿着优雅的米色礼服，说话时温柔地看着基男的眼睛。那是个内心坚定，让人感觉很舒服的人。宥景在她身边也很放松。看到宥景自然而然地挽起亲家母的胳膊，基男觉得自己永远失去这个孩子了。亲家母身上有着自己缺少的某种东西。她不知道是什么，即使自己付出努力也不会拥有。

缆车到达停车场。刚刚睡醒的迈克贴在宥景的胳膊上哭闹。“我冷，妈妈，太冷了。”基男解下自己脖子上的薄围巾，围在迈克的脖子上。坐了二十多分钟的缆车，身体里产生了寒气，风也很凉。去寺院的路上，基男蜷缩着身体。要走二百六十八级台阶才能到达青铜佛像前面。迈克像鼹鼠似的跳上台阶，再下来，反反复复。

爬完台阶，无边无际的大海展现在眼前。也许是感觉到了凉意，身体开始发热。宥景和迈克夹在人群中，绕着大佛像顺时针转圈。两人很快就走到了前面。人们纷纷走过基男身边。他们用基男听不懂的语言说话，拍照，抬头看佛像。基男慢慢地走，发现宥景和迈克停了下来。他们似乎在等自己。

“我们在这里拍张照吧。”

宥景把手机递给路人，请他帮忙拍照。宥景站在中间，手搭在迈克和基男肩上。宥景的胳膊碰到基男肩膀的瞬间，她试图久久地回味。照片上的三个人在笑，仿佛世间最和睦的家人。

他们绕着佛像走了一圈，然后走进佛像下面的空间，瞻仰佛陀的真身舍利。迈克问什么是舍利。宥景解释说，就是尸体烧过之后留下的东西，像玻璃珠。迈克听了似乎很害怕。基男有点儿不放心。瞻仰过舍利，他们在寺院里转了一圈，吃了冰激凌，转眼就到了回去的时间。

“妈妈，直接回家，还是自己到别处逛逛？”

宥景说要带迈克去参加朋友的生日派对。丢下基男，宥景感觉很内疚，基男反而感到心安。与其黏着宥景，倒不如自己打发时间更轻松。如果地方不大，她完全可以自己参观，不会迷路。三个人在寺院附近早早地吃了白鱼粥充当午饭，然后乘出租车去市中心。到达的地方后面就是大海，还有大大的摩天轮。

“五点钟在这里见面。周围都是很显眼的地方，不难找。过了那个天桥就是购物中心。慢慢逛。有问题打电话。”

“玩得开心，外婆。”

“嗯，迈克你也玩得开心！”

宥景和迈克走了，基男沿着海岸线散步。她心里很想往前走，只是身体跟不上，不时地坐在长椅上休息。天空依然阴沉，风却很暖，就像韩国的春天。基男用手机拍下周围的风景，摩天轮、大海和天空……和宥景在一起的时候，隐约有点儿紧张，现在只剩下自己，身体放松了，人也变得慵懒。她不相信自己是在香港码头。这里的大海像河。

小时候，基男最甜蜜的梦想就是毫无痛苦地死去，从世界上消失。没有什么比这个想法更能带给基男安慰。五岁的真景走进基男的世界，三年后宥景出生了。她越来越爱孩子，死亡的观念带给她的不再是安慰，而是恐惧。现在，基男不害怕了。孩子们会撑住。心情凄凉到不可抑制的时候，她确信自己的死亡将会带给孩子们自由。

荒唐。荒唐。基男经常嘀咕着“荒唐”。她也不知道针对什么，只是习惯性地说出口来。荒唐。

基男漫无目的地走着。她想去卫生间，于是走进了庞大的建筑物。一层大厅有三个女人在打乒乓球。一个短发女人对另外两个人，姿势很标准，看得出球龄不短。对面两个女人也不是新手。看着看着，基男忘了去卫生间，凑到球台旁看了起来。过了一会儿，短头发的女人对基男说了几句什么。基男听不懂，对方换成了英语，基男还是无法理解。

“I'm sorry.”

另一个女人笑着对基男做出打乒乓球的动作，然后清清楚楚地说：

“比赛？”

基男点了点头。短发女人拿来球拍，递给她。基男脱下外套，连同单肩包放在窗边，开始热身。三个女人看着基男，很开心地用广东话交流。分成两人一组后，基男先发球，比赛开始。每次基男得分，同组的高个子女人就会开心地大喊。基男也笑出了声。自从来到香港，还是第一次这样笑。接连打了三局，全身都被汗水湿透了。基男穿上外套。

“Thank you! Thank you!”

基男不停地对那几个女人说道。

“Thank you! Thank you!”

同组的女人双手抓住基男的肩膀，用广东话说个不停。她似乎确信自己这样说，基男都能听懂。女人看基男的目光很温柔。

看到女人的目光，基男莫名地想要流泪。女人把比赛用过的荧光橙色乒乓球塞进了基男的外套口袋。

“Thank you!”

女人紧紧拥抱基男。另外两个女人也迫不及待地拥抱基男。真的很久没有这样拥抱过了。真景和宥景小时候抱过她，那是基男一生仅有的几次拥抱。拥抱着连名字都不知道的女人们，基男感觉到意想不到的温暖。基男太喜欢这个拥抱了。她决定当成专属于自己的秘密。

走出大楼，基男继续沿着海边漫步。没想到走出这么远，摩天轮显得很小了。基男看着大海，慢慢前行。关于大海，基男不了解的事情太多了。月亮离得那么远，却让眼前的大海掀起波涛；有的乌龟因为在海里迷路而溺死。这些基男以前都不知道。基男仍然在想自己不知道的事情。熟悉的疼痛在心底蔓延。远处传来合唱声。

基男朝着歌声传来的地方走去。在摩天轮附近，几个年轻人拿着麦克风唱圣诞颂歌。人们三三两两地聚集过来，看他们唱歌。基男摸着口袋里的乒乓球在一旁听着。

听圣诞颂歌的时候，基男好像回到了不得不在明洞中心徘徊的日子。仿佛触手可及，其实早已是四十年前的事了。

那年刚满二十岁的基男接到某个女人的电话。女人说自己是基男的大姐。

“我们……”

说到这里，她清了清嗓子。

“我们欠你的太多了。不管怎么说，我们还是家人嘛。”

大姐说，去年父亲去世了，她邀请基男参加生母的生日宴会。宴会设在明洞酒店的中餐厅，晚上七点钟开始。挂掉电话，基男思考了很久。他们廉价卖掉了我，那我为什么要去见那些人？现在为什么要联系我？当自称大姐的人说家人欠自己的时候，基男从那句话里发现了小小的希望。也许他们对抛弃自己的行为产生了负罪感，准备向自己道歉，也许是觉得“我们还是家人”而邀请自己。

基男不想在他们面前表现得寒酸，于是第一次烫了发，还下定决心买了双麂皮短靴。赶到约定场所需要多大的勇气，只有天知道。虽然很怕、很紧张，但同时也充满期待。

中餐厅位于酒店顶层。服务员把基男带到房间。推拉门开了，正对门口坐着一位身穿翡翠色韩服的老人，旁边坐着一个年轻男人。他们的后面是高楼大厦和街道。房间里有五张盖着白色桌布的圆桌，每张桌子旁都有人围坐着大声说笑。基男不知所措地站在那里，一个女人朝她走了过来。

“是基男吗？”

“是的……”

“怎么来这么晚，不是让你六点来吗？”

“明明说的是七点……”

“往这里看！”

女人大声说道。人们的喧哗声还是没有停下来。

“基男来了！”

四周这才安静下来。走向桌子的几秒钟里，基男感觉到了，人们并不欢迎自己。她的举动让他们感到别扭。她知道自己是不速之客。

“妈妈，基男来了。”

老人面无表情地看着基男。她的眉间刻着几道竖纹，即使不做任何表情，也像是在皱眉头。嘴角下垂，化了妆，皮肤却是灰色，看着像是不会笑的人。

很久以前，基男就想象过遇到亲生母亲会是什么心情。生气，还是开心？会流泪吗？会埋怨吗？感到幸福吗？她也想知道亲生母亲会是什么反应。不论什么性格，遇到被自己抛弃的女儿，情绪都会发生动摇。基男这样想。然而老人没有动摇，对基男也不感兴趣。基男靠近桌子的时候，老人旁边的年轻男人正在吧唧着嘴吃东西。基男一眼就能看出那是谁。

基男紧咬嘴唇，朝老人点头行礼。我是基男。如果她说话，无论以怎样的方式开口，感觉都会哭出来，所以她什么也不能说。

“妈妈，您倒是说句话呀。”

女人催促道。老人用手帕擦了擦嘴，对女人说：

“我对她能有什么话说。你为什么没事儿找事儿，让我头疼？”

基男的心里有不会消失的房间。不论何时，只要打开门，基男就能感受到那个瞬间。那天的记忆也是这样。一切都清晰如昨，中餐厅的味道、餐具的形状、食物的种类、老人身旁的年轻男人，甚至是老人的儿子穿的衣服和自称大姐的女人的表情。基男随时都会打开那扇门。可每次开门，记忆的细节就会微微消失。即使看似永不消失的心灵痛感也是这样。不过依然有些东西，即使打开门也不会消失，还会保留下来。某种冰冷、坚硬而沉重的东西，依然如故。

老人闷闷不乐地说完，给儿子分了些食物，然后叽里咕噜地吃了起来。基男吃了点儿分给自己的炒饭，就起身出去了。女人在后面叫她，她也只觉得那个声音很遥远。

基男走过明洞街头拥挤的人群。经过充满欢快音乐和闪烁灯光的街头，基男感觉现在自己还活着是多么不自然的事。这时，好几个年轻人站在大路上的电影院前唱圣诞颂歌。基男夹在看热闹的人群里听歌。歌曲美妙地将基男从这个世界驱逐出去。真希望巴士撞上我……从童年时代就不断重复的想象，带着具体的真切感朝基男靠近。

生母在基男结婚前一年去世了。女人偶尔给基男打电话传达这些消息。不知从什么时候开始，消息就彻底断了。如果女人还活着，现在应该八十多岁了，不过她已经死了。如果她活着，无论如何都会找到基男的联系方法，联系上她。这份轻率的关心拨弄着基男多年的伤痛，侵入基男日常的平静，难道她都不知道吗？难道她只是想通过基男来确定自己的人生至少比基男过得好吗？基男经常这样想。

4

直到看完圣诞颂歌演出，基男才离开。散步，打乒乓球，看演出，转眼已经下午三点多了。基男经过摩天轮，过了天桥，朝着尽头的购物中心走去。

购物中心像个大大的甜甜圈，中间戳出方形的孔。金线穿起闪闪发光的红色球形装饰和白色雪花状装饰，从天花板延伸到地板。基男拍下美丽的装饰，把手机装进单肩包里。站在二层往一层看，带孩子的人们站在圣诞树和大熊旁拍照。看到带孩子的年轻人，基男想起带着年幼的真景去首尔大公园的情景。

那是温暖的五月下午，升降机经过首尔大公园的绿色湖面时，真景紧紧闭上了眼睛。基男看了看真景，把头转向前面。眼前的世界完全是绿色，愉快的风掠过基男的脸。那时候，真景八岁，宥景还在基男腹中。基男……二十五六岁的年纪。

丈夫是基男工作的工厂合作企业的员工。每次来工厂，他都给基男带份小礼物。羊羹、奶油面包、袋装花生之类的，让基男真心感动。

基男拿着烧火棍在工厂后院烧垃圾的时候，他凑到跟前说自己的事情。第一次失败的婚姻，前妻是多么无情和邪恶的女人，五岁的女儿真景多么需要妈妈……基男完全相信他的话。既然他真诚，那么自己也应该真诚。他提出的问题，基男全都认真作答。她敞开心扉暴露自己的伤口，然而那时她怎么也没想到，她的话会成为自己终生的软肋，被他挂在嘴边。

和真景乘坐升降机经过绿色湖面的时候，基男承认自己没有勇气离开他和真景。她认为这是最好的方式。哪怕只是欺骗自己，当时的基男又能做什么呢？基男很爱真景。

认识真景之前，基男遇到的人们都要求她付出代价。哪怕是他们赠送的小礼物或给予的小小善意，也希望她能两倍甚至三倍地返还。基男以为人生本来就是这样。基男说她要结婚离开家的时候，权社长家说她背信弃义。我们是怎么对你的！这不是收留了一头畜生吗？当他们说这些话的时候，基男已经不再震惊了。因为人生本来就是这样。

“有你当我的妈妈真好。”

真景的小手抚摩着基男的脸，说道。这样说的时候，孩子的眼里含着泪。真景对她的爱里掺杂着自己不懂的悲伤。那是向巨大的存在虔诚祈祷的心意。

和真景一起生活没多久的冬天，基男准备出门，真景蹲在鞋柜前。她看了看鞋柜，要穿的鞋子不见了。她开始找鞋子。这时，真景从自己怀里拿出了基男的鞋。

“别冻着脚，妈妈。”

外出的时候，基男说过几次脚冷，被真景记在心里了。真景没把基男的话当耳边风。只要自己能给，什么都愿意给基男，还会因为不能给更多而遗憾。幼儿园发的乳酸菌，美丽的枫叶，翡翠色的小石头，真景自己画的头戴皇冠身穿公主服、眼睛镶嵌着星星的基男，睡前在脸上的亲吻，短暂分开再见面时的欣喜……认识真景之后，基男才知道世界上还有这样的心意。对于这份心意，基男竭尽全力要紧紧抓住，不想失去。即使失去其他一切，也不想失去这份心意。

基男走进了大型玩具店。玩具店是另外的世界。基男在孩子们中间不停地移动。她把巴掌大的乌龟玩具和小乌龟公仔放进购物篮，走向收银台。准备结账的时候，刚才还背在肩上的包不见了。那是单肩包，不可能掉落。带子用钩针织得结结实实，不可能散开。

"I'm sorry! "

基男把购物篮递给收银员，在店里转来转去，仔细翻找脚步到过的地方，却没有看见掉落的包。基男从店里出来，查看走过的路。总不能问路人有没有看见包，手机在包里，无法联系宥景。外套口袋里只有刚才收到的乒乓球。

没有去过卫生间，也不记得放下过包，怎么会发生这种事呢？独处的时间只有几个小时，却弄丢了包，宥景会怎样看自己呢？想到这里，基男的心沉了下去。

必须赶在迟到之前，去摩天轮前和宥景见面。她明明知道应该去那里，大概是太慌张的缘故，竟然忘了自己从哪个门进来。想起方向之后，基男还是找不到出口，徘徊了很长时间才过天桥，走向摩天轮。幸好宥景和迈克还没到。

基男坐在附近的长椅上，静静地深呼吸。想来想去，还是想不起在哪里弄丢了包。很久没对自己这么愤怒了。刚才很温暖的风，冷冰冰地钻入基男的身体。好像过了很长时间，然而宥景和迈克还没来。基男突然感到恐惧。

年龄大了，变得成熟，或许就是渐渐熟悉自己所处环境的意思吧。基男坐在陌生的地方，明白自己还是个不够成熟、很容易感到恐惧的女人。基男的心情就像九岁的孩子。她像九岁孩子那样恐惧。

一个月前去真景家的时候，真景还穿着上班时的衣服，喝醉了，趴在桌子上。基男关掉吵闹的电视机，摇醒了真景。真景终于直起上身，微笑着看基男，发黑的嘴唇上沾了干掉的红酒。基男什么话也说不出来，只是静静地盯着真景的脸。真景连忙收起微笑。

“有时候我好害怕……”

“怕什么……”

“没什么……就是害怕，妈妈。”

“都是大人了，还怕什么？”

望着基男，真景脸上露出淡淡的微笑，然后开始流泪。想起那张脸，基男把头埋进了双手。

“外婆！”

远处传来迈克的声音。基男站起身来，朝着声音传来的方向看去。身穿米色棉服的迈克朝自己跑了过来。看到迈克，基男总算松了口气。不过几个小时没见，基男的心里却充满喜悦。让他慢点儿，可是迈克奋不顾身地跑过来，扑向基男。

“外婆，您等了很久吧？”

“没有，刚到。”

基男摇着头说。

“今天玩得开心吗？”

“嗯。”

“玩什么了？”

基男想回答的时候，宥景走了过来。

“妈妈，你怎么不接电话？信息也不回。你知道我有多担心吗？”

“包丢了。”

“钱包呢？”

“钱包和手机都在包里。”

“在哪儿弄丢的？”

“那里……”

基男指了指桥对面的购物中心。

“受不了了，你等一下吧。”

宥景拿出手机，不知给谁打电话。她用英语说了很长时间。挂断电话后，宥景把一只手放在额头上。

“遗失物中心说没有。你确定是在购物中心丢的吗？”

“嗯……”

“也可能还没收到吧，我留了电话号码。妈妈钱包里有没有信用卡？”

“没有。”

宥景没有回答，独自大步走在前面。

“宥景，你去哪儿？”

“还能去哪儿，当然是回家！”

出租车上，宥景一句话也没说。迈克小声告诉基男参加生日派对的事，像假装若无其事地安慰伤心孩子的大人一样。下车回家的路上，宥景显得很疲惫。

“妈妈。”

宥景在卫生间里呼唤基男。

“本来不想说的，可是你好像总忘东西。”

宥景指着积了黄色尿液的马桶。

“还有，用卫生间的时候把门关严，不要留缝。”

“是我没注意到，以后不会了。”

宥景合上马桶盖，冲了水。

宥景出去了，基男独自留在卫生间里，看了看镜子。那是涨得通红的老人的脸孔。孩子们小的时候，卫生间的门不能关。如果关门，孩子们会感到不安，会敲门，要求快点儿把门打开。就这样，开着门上厕所已经成了习惯。孩子们长大以后，基男仍然不习惯彻底关上卫生间的门。

基男来到外面，看到宥景坐在沙发上用韩语打电话。基男走过去，宥景起身回到卧室。关闭的门里传来宥景小声说话的声音。不知过了多久，门铃响了。宥景从房间里出来，朝门口走去。迈克也从房间里出来了。戴头盔的外卖员递过装有塑料餐盒的袋子，是米粉和炒饭。

基男帮助宥景把餐盒摆上餐桌，放下勺子和筷子。米粉还很热，汁也很浓。也许是太饿了，平时不太爱吃的米粉竟然如此美味。基男狼吞虎咽地吃着米粉。

“迈克。”

宥景喊了声迈克。

“妈妈告诉过你，吃饭的时候不要吧唧嘴，闭着嘴巴吃饭。”

“知道了。”

基男知道这句话不只是说给迈克听的。为了掩饰慌张的心情，基男随口问宥景：

“刚才你在和谁打电话？”

“迈克的奶奶。”

“你好像和迈克的奶奶经常联系。对婆婆这么好，很棒。”

基男不希望自己的情绪被人发现，眼睛盯着米粉说道。

“不光因为她是我婆婆，也是因为我喜欢。这些年来她从各个方面都给了我帮助。如果没有她，我会很辛苦。”

“韩国的外婆我也喜欢。”

迈克看着宥景，说道。

基男没有回答。“妈妈没有帮过忙吗……”宥景没有回答过这个问题。基男不知道宥景真正想要的是什么。随着时间的流逝，基男明白了，宥景希望自己做的只是不要管她。不要介入宥景的人生，这是宥景对自己唯一的期待。为什么不允许自己做的事，詹姆斯的妈妈却能做？难道宥景从自己身上发现了什么致命的缺点吗？像粘在自己身上的污垢……基男不得而知。

基男慢慢地吃光了剩下的米粉。脸上火辣辣的，继续坐在那里有点儿别扭。她走到水槽旁，倒掉容器里剩余的汤。

“我吃完了，先回房间了。”

宥景没有挽留基男。回到房间，基男铺开褥子，靠墙而坐。从早晨累积的疲劳汹涌而来。她闭着眼睛。过了一会儿，迈克走进房间，坐到她身旁。基男把被子盖在迈克的膝盖上。

“外婆。”

“嗯？”

迈克温柔地看着基男。

“害羞了吗？”

基男怀疑起自己的耳朵。她盯着迈克静静地看了片刻，说道：“……我没听清，你再说一遍。”

“我问您是不是害羞了。外婆，您害羞了吗？”

基男默默无语，把迈克抱在怀里。孩子身上散发出酸溜溜的汗味。

"……嗯，可能是吧。"

这样回答之后，基男突然理解了。害羞。迈克说得对。基男害羞了。宥景眼里的自己，很久以前她远离自己的情景，真景的酒精成瘾症，两个孩子最终没能和解，走到现在……基男很惭愧。她从来没有反抗过自己的丈夫，孩子们看着自己的模样长大……基男感到惭愧。从来没有被父母爱过的自己，始终渴望父母之爱的心……所有这些事，基男都不能对任何人说。因为惭愧，基男惭愧得想死。

"外婆。"

迈克离开基男的怀抱，把手放在基男的膝盖上说道：

"害羞也可以，害羞也很可爱，艾米丽说的。"

"艾米丽？"

"我的女朋友。"

迈克兴奋地回答。基男小心翼翼地抚摩迈克的头。浓密的卷发和宥景小时候一模一样。

"迈克很随和。"

"是的，妈妈说迈克很随和，像韩国的外婆。"

"真的吗？"

"不过，妈妈说不能太随和。"

温暖的疼痛在基男的后背和腹部蔓延。基男抚摸着迈克的头发，静静地点了点头。迈克不了解自己，不了解自己度过的时间。然而在那个瞬间，基男感觉对自己一无所知的孩子反而更能理解自己，这是为什么呢？"害羞也可以"，基男不相信这句话，从来没有期待会这样。基男觉得自己忘不了这句话。迈克不知道自己的话在基男心里掀起怎样的浪花，坐在那里继续说着。关于女朋友艾米丽，关于海龟的产卵地佛得角，关于出生在那里的小乌龟怎样去大海……

看着迈克的脸，基男知道，只要过一个季节，她就会忘记今天的事。她也知道，更久以后，自己在他心目中只会成为遥远而陌生的亲戚。这个事实已经不会再让她悲伤了。

“外婆。”

看着呼唤自己的迈克，基男点了点头，感受着那个短暂而柔软的尚未离开的瞬间。

解读：我想继续走下去

梁景彦（文学评论家）

用看不见的墨水写下的场面

崔恩荣的第一部长篇小说《明亮的夜晚》（叶蕾译，台海出版社，2023 年）中有这样的场面，朝鲜战争时期，因为避难而无法正常上学的英玉为从早到晚踩缝纫机的明淑奶奶和从临时学校下课回来的喜子读书。三位女性人物读书的场面很短暂，却给我留下了强烈的印象。英玉走到正在读书的喜子身旁闻书的气息，大声读出封面上的题目和作家姓名。喜子静静地注视着英玉的动作，请求英玉读给自己听。英玉正式开始朗读。后面的明淑奶奶也认真倾听，她说“继续读吧”，鼓励着英玉朗读。英玉用心朗读翻开的书页上密密麻麻的字，喜子专心致志地听，明淑奶奶只有在这个时候才会暂时离开缝纫机，聚精会神地倾听英玉讲给她们的故事。想象中这应该是个非常宁静的场面，然而她们却比以往任何时候都更活泼，更充满活力地交谈。对于她们来说，一起读书的时间同时激活了知性和感性，自然而然地感受到了作为有生命的人的快乐。换而言之，她们体会到了不仅仅是“用头脑理解”世界，还有通过“激情和感觉理解”[1]的喜悦。明淑奶奶从她妈妈那里听来的“喜欢说话会变穷”的谚语也阻挡不了她们的快乐。她们通过读书知道，在自己所处的世界之外还有另外的世界。

《明亮的夜晚》中的人物没有固守着自己的生活，而是将视线投向更远处，也许正是基于此，才有了这样的读书行为。我们就从理解这点开始，讲述这部小说集的故事。

崔恩荣的小说向来以“擅长表现被认为是被动的行为所具有的活力”而著称。不仅如此，小说还通过展现具有坚硬倾向的柔软属性、隐藏着喜悦的深邃悲伤、盘踞在平静风景里的暴力、隐藏于个体背后的众人，冷静地诠释被认为截然相反的东西其实是多么相像，它们之间怎样互相支撑，多么密切地构建起世界。小说中处理“阅读”的时候也是如此。在崔恩荣的小说中，看似顺从于书籍的“读者”也会取出字里行间用“看不见的墨水”写成的——隐藏在“空白”里的——故事[2]，表现出同时书写这个故事和自身故事的主动性，就像怀揣充满喧嚣的沉默阅读小说的我们。

阅读者的共有地

不能平等拥有学习写作的机会和在公开场合尽情发表意见的

1　出自韩版芮塔·菲尔斯基《女性主义之后的文学》(*Literature after Feminism*)，女性主义理论研究所，2010 年，第 91 页，国内未引进。

2　出自韩版托妮·莫里森《看不见的墨水》(*The Source of Self-Regard*)，大海出版社，2021 年，第 19 页，国内未引进。

机会的人，作为读者具有什么意义？在大量讨论这个问题的研究当中，芮塔·菲尔斯基尤其关注“读者和作品之间产生的混乱而不可预测的相互作用”，也就是“协商”活动。根据其研究，女性通过读书将“批判和告白”相互映射、相互交织，成为对构成“美学体验”（长期以来因为“反知性感伤”或“情绪过剩”而成为批判对象）的“感性和快乐”进行“慎重探索”的一环。芮塔·菲尔斯基以被书中故事吸引，迎来悲剧结局的其他“包法利夫人”为例，指出此前在一定程度上被轻视的“女性读者”的“投入”和“等同看待”，以及充满“达成共识”的读书行为，反而是一个人在探索世界的过程中形成的认同感的条件，同时也是“与受压迫群体的其他成员进行连接”的出发点。《明亮的夜晚》中的人物也是通过一起阅读的时间，从彼此身上发现了——在战争中更加被阻拦的——有生命者的自我活力，从故事这种具体形态感受留存世间的美，同时分享对世界的想法。崔恩荣笔下的女性通过“阅读行为”获得了一种视野，从社会结构层面理解那些容易被视为个人不幸的事件，以此培养不轻易背弃生活的力量。这点在这部短篇小说集的《即使以最微弱的光》一篇中同样有所体现。

我们先来看小说集中的《分内之事》。小说讲述了20世纪90年代中期，在某大学校刊编辑部相遇的海珍和希荣，以及她们的前辈正允对彼此产生的影响，讲述了一直被称为“你”的海珍根据阅读内容逐渐寻找到自己观点的价值的过程。

二十岁出头的海珍获得了“读过之后就无法回到从前”的阅读体验，总共发生了三次。第一次是通过正允的文章，文章清楚地将海珍所在学校的学生于1996年聚会期间对A女子大学的学生施加集体暴力事件命名为“霸凌”，并展开逻辑讨论（海珍读了这篇文章，产生了想把藏在内心深处的感受和想法转换为语言，与某人产生连接的念头，这成为她申请加入校刊编辑部的契机）。第二次是通过希荣对发生在B大学的教授性侵事件进行分析的文章（希荣提出要以这个主题写作的时候，编辑部前辈容旭声称这个主题只是“堕落的个人伦理问题”“没有必要在应该解读时代潮流的版面探讨”，但是最终希荣针对这个问题写了文章，在持续十几个小时的“朗读草稿会议”上，让编辑室所有成员都专心致志地听自己的文章）。第三次是在希荣的提议下，海珍写的关于“被打死的女人的历史”和“为了活下去而杀死丈夫的女人们”的文章（海珍哭着写完这篇文章，在会上读自己的文章时也多次哽咽），以及希荣写的关于“必须杀死丈夫，妻子才能活下来的社会结构的残忍”的文章（海珍读了希荣的文章，“获得了力量”）。通过三次特别的阅读体验，海珍拓宽了对文字所能发挥的力量的理解。换句话说，海珍明白有的文章可以让人们直面特定事件，让人们把易被视作因为“倒霉”才遇到的事件当成需要社会解决，而且可以解决的问题，也就是所有人的问题来看。最重要的是以文章为媒介，可以到达“没有任何关系”的“人们的心灵”。《分内之事》中的阅读场面描绘了一个站在读者立场的人去认识当个社会话语权不均这 现状的过程。同时表明了其作为社会共同体的一员，在决定接受自己的声音也很重要这一事实后，就必然会经历从“阅读者”到“写作者”的蜕变。海珍通过亲身体验、理解“看不见的墨水”刻下的世事，变成了拿出迥异于世界单方面要求的不同墨水的人。

海珍、正允和希荣为了面对坚持认为她们的声音不重要的世界，而与在自己都不知道的情况下刻在身体里的自我厌恶作斗争，所以对她们来说，激烈地追问“读什么，怎么读”就显得异常重要，甚至到了彼此伤害、引发矛盾的境地。

作为“读者 / 作者”的女性，有着根深蒂固的自我厌恶。女性如果仅从自己的观点讲故事，则被认为是“伤感”“逻辑矛盾”，这样的历史也很漫长。这个社会不仅批判那些认为必须与他人共同生活的人表现出渴望他人帮助的懦弱，而且认为“对于他人的创伤感同身受”的能力和“对于理解造成创伤的原因的直觉”毫无意义。因此，试图仔细观察自己和他人如何建立关系的人们，反而像希荣那样认为自己没有资格写文章，并为之痛苦。而且，《分内之事》将女性与自我厌恶作斗争的面貌叠加到了 20 世纪 90 年代中期至 21 世纪初期，从女性主义观点出发进行学生运动的人们的奋斗历程。他们试图抛开将崇高等级化的狭隘的知性语言，寻求其他用来表达自己追求的人生价值的语言，并且通过这种语言努力告知人们存在着值得守护到底的生活。《分内之事》的主人公通过认识形成自我的多身份，即使贬低自己，也要亲自发出某种声音，更不放弃反省自己的“分内之事”究竟是什么。对于她们而言，阅读经验就是政治行为，克服自我厌恶，同时用自己的声音告诉人们“言说 / 写作”至关重要。

尤其是希荣这个人物，她直接告诉我们阅读和写作不能仅仅停留在自我确认和自我满足。很多人坚信仅仅通过阅读和写作就在某种程度上完成了自己的分内之事，沉浸在自我正义的感觉里无法自拔，然而希荣的话紧紧抓住了已经成为记者的海珍，迫使她重新打量这样的群体。希荣告诉海珍，为了抵达真相，阅读和写作固然重要，然而如果不能时刻铭记抵达真相的过程本身并不容易，并将这个艰难的过程与生活建立起联系，那么由此产生的意义也会很容易挥发。如上所述，通过希荣的话，阅读和写作在能发挥政治性作用的领域得到了进一步扩张。阅读和写作者的分内之事不亚于让当今社会更好地听到原来不想听的声音，让人们走出只能通过个人力量发声的错觉，也告诉人们个人的声音里已经包含了无数人的声音，个体可以通过这样的联结存在。

正是通过希荣的态度，海珍反思自己踏着自我厌恶找到的声音里是否仍然充满了“自我”，是否自己过于草率地确信，是否在写着没有反省的文章。但是，海珍的声音里已经融入了希荣的生活，希荣也同样如此。这种对于生活交集的错觉让海珍具备了写作者应有的谦虚态度。

到了小说结尾，海珍已经展现出成熟的面貌，面对因自己和希荣的关系产生的悲伤，没有丝毫夸张地描写希荣的最后瞬间，这时我们终于知道，小说里的“你”不仅是海珍为了确保自身和反省的距离而对自己的称呼，更是通过“投入”“等同看待”“达成共识”，领悟到我也是他人、他人的生活也是我生活的一部分的“读者 / 作者”。当小说将海珍称呼为“你”的时候，或者走近各种讲述自己故事的人物的时候，作为读者的我们，才认识到支撑一个人过上有意义的生活的，究竟是什么。我们也凭借这个故事，发现自己的故事，进而想起与这个故事相连的另外的人，因此，崔恩荣小说讲述的故事不能单纯地成为他人的故事。现在，我们将继续考察崔恩荣的世界里由“依赖和被依赖的辩证法”建立的“共鸣纽带”[1]究竟是由什么组成的。

不能容忍者的照顾

迄今为止，崔恩荣的文字捕捉到了隐秘关系中发生的波动，然而我们不能将其缩小为个体之间的私密问题来考察。崔恩荣的作品不断指出：造成微妙波动的原因是社会条件和历史性、结构性问题的相互纠缠。这部小说集依旧延续了这个话题。崔恩荣在处理现实问题上依旧很勇敢。如果说崔恩荣笔下的人物有形成“共鸣纽带”的一面，那是因为他们提前判断当今时代过于琐碎，并且激烈地追问使之缩小的现实是什么，不断地探究现在需要的又是什么，在这个过程中形成了这个纽带。

《回信》以叙述人“我”在入狱之后给不能见面的外甥写信的形式构建全篇。作为姨妈的“我”和外甥“你”，以及“你”的妈妈，也就是“我”的姐姐“她”和“我”，为什么就变成了永远不能相见的关系？为了以“我”的声音做出解释，“我”的信便从回忆童年开始写起。我估计应该不会有读者读完《回信》而不感到痛苦的。“我”对四岁时就和自己分开的妈妈没有记忆，小时候跟着姑奶奶、姐姐和爸爸生活，目睹了姐姐遭受冷漠而粗暴的家长式作风的爸爸的暴力对待，后来跟学校老师建立不良关系，结婚之后继续被这位老师呼来喝去，嘴上却说着“没关系”。

1　出自徐英彩（音）《温柔而清澈的叙事力量》（순하고 맑은 서사의 힘），《祥子的微笑》（쇼코의 미소）解读，文学村，2016 年，第 278 页，国内未引进。

不料姐夫故伎重施，以前那样对待姐姐，现在又和自己的学生发生了可疑的关系……每当遇到这样的情况，“我”感受到的羞耻、悲伤、无力感、愤怒等情绪就会原封不动地传达给我们。

更让我们痛苦的是，“我”从童年到青年时期遭遇的事情在现实中频繁（程度惊人）地发生。小说直面现实，描写了从未得到过妥善照料，却要遭受爸爸语言暴力的某个小女孩的痛苦，和她不相信自己的态度，揭示了忍受着成年男子的性剥削，却比起自己更加关心施暴者的某个女青年的处境，以及试图通过忍受丈夫的暴力来逃避现实的某个妻子的选择。

大量的痛苦场景当中，最不能不提及的是下面这个场面：“我”为了保护姐姐而暴力袭击了姐夫，因此而受到审判，然而姐姐当着“我”的面做了伪证，“那天丈夫没有打我”“她有暴力倾向”。“很多女性被告人，不去否认并非事实的不利证言，却自暴自弃地接受”，律师提到的情况在小说里直接出现，这里也逆向呈现了在“我”不知道的情况下姐姐被迫暴露于暴力之下的生活，以及姐姐无法逃离而无力地苦熬每一天的状况。小说里的女孩和老师发生关系，情况和高中时代的姐姐完全相似，当“我”揭穿这个事实的时候，女孩首先考虑的竟然不是自己，而是老师会不会难堪。此情此景和当初的姐姐也没有什么两样。对于姐姐的伪证和女孩的反应，也许有人会认为这是她们根据自己的决定权而做出的行为。但是，小说也质疑了这样的情况，即“借口女性个人原因”而将“责任”推给“处于结构性的脆弱之中，相对于另外的生活，更容易从外部冲击中受伤的‘不稳定’状态”的人们。[1] 作者非常明确地提出了自己的立场，这些女性人物是出于什么原因做出那些行为的呢？在别人看来是朝着不保护自己的方向做出的决定，人们不考虑她们周围的环境而随意将她们的举动定义为“个人情况”。

《回信》没有将“我”和姐姐疏远的情况局限于两人之间的事，而是转向和姐姐处境相同的女性都有可能经历的事，以及社会放弃结构性脆弱问题时可能发生的悲剧。例如，如果姐姐没有在高中时代和学校老师发生关系，如果没有过早结婚，如果不是苟且偷生，如果不做伪证，如果在姑奶奶的葬礼上跟“我”说句话……如果做出不同的选择，那么就会产生不同的结果，然而悲剧在于姐妹两人从一开始就没有被赋予这样的期待。小说没有否认这点，而是通过思考如何接受这样的生活、人物之间如何理解彼此的生活，从而确保故事不会远离世界的关注。为了对外甥起到“姨妈”而不是“类似父母”的作用，为了即使回去也只能做出同样的选择，却不以单纯的毁灭来结束，为了在努力理解注定的生活的过程中达到最终的和解，最后也为了说明无论自己所处的环境如何，我们也可以通过主体性的行动来决定如何创造世界，因此这篇小说只能采用写信的形式。

这也是《回信》不能仅仅被看作痛苦的小说的理由。也许我们可以将小说理解为妹妹的故事，而妹妹很晚才明白，根本没什么力量的幼小的姐姐努力保护自己的那段时光里充满了多大的

1 出自闵家英（音）《新自由主义时代十代女性的自我保护和受害》（신자유주의 시대 10 대 여성의 자기 보호와 피해），金恩实（音）编，《有权进行更好的争论》（더 나은 논쟁을 할 권리），人文主义，2018 年，第 119 页，国内未引进。

爱，而且这份爱能让人变得多么强大。或者也可以将其看作“即便如此”之后的故事，即使现实世界没有发生太大的变化，仍然要传达出祝福的心意，希望姐姐以及与姐姐处境相似的人们永远安全，能够享受应有的幸福。

小说认为，并非只有忍耐坚持的方式，或者通过这样做来惩罚容忍不合理状况的自己的方式，才是我们在暴力世界活下去的全部选择。我们也有不忍耐的方式。决定不再忍受暴力的人懂得照顾和自己不同的他人，也愿意尽职尽责地照顾身边的人们，并且尽力去尊重与自己的生活观念有异的人们的生活。

写信是为了向外甥传达这个意思，那么我们就不能不联系这点来思考作者取名为“回信”的理由。小说自始至终清空了外甥的位置，似乎是为了留出位置，便于我们听见继续生长于暴力世界的人们的回应，于是取名为“回信”而不是“信”。也许小说希望以“回信”的方式展现出曾经以泪洗面的姐姐最后的样子，姐姐给予妹妹的爱早已化作某种力量，而这封信正是妹妹承担起传递这份力量的责任的记录，因为是带着这样的心情而写的信，所以必须写下“回信”这个题目。这是转达给姐姐的回信，努力获得下一代回信时发生的事。这就像是为了回应值得依赖、值得信任的人曾经传递的爱，“我”也要成为能够提供值得依赖、值得信任的照顾的人。《回信》要表达的是，相互依靠、相互依存中形成的纽带和爱，不能因为各自的缺乏而被要求，而是通过可以相互依靠、相互依存的力量去实现。

《播种》和《写给姨妈》同样告诉我们，懂得回应彼此心灵的力量和懂得相互依存的力量能够延续“共鸣纽带”和“爱”。

根据这两篇作品，一个人堂堂正正地过着独立的生活，不仅意味着他有能力照顾好自己，也意味着他会因他人的照顾而获取力量。

《播种》以“她”的视角讲述了代替去世的妈妈照顾自己的哥哥，哥哥在世时“她”并未察觉，直到哥哥去世之后才逐渐领悟了哥哥的爱。小说记录了这个过程。直到小说结尾她才真正理解，尽管不能让哥哥复活，然而和哥哥共同度过的时光将存在心底，永远不会消失，并且陪伴自己和女儿苏莉继续活下去。最重要的是，这份理解会通过苏莉来实现。这点更为特别。苏莉表示想要辍学后，她追随苏莉的内心，终于知道了哥哥表达爱的方式和照顾行为的可贵。

妈妈离婚后，舅舅和她们一起生活，带她们耕种宅旁地，苏莉的心灵得到了抚慰，然而舅舅的去世又让她经历了巨大的失落。从苏莉的立场来看，这部小说也讲述了她承受不幸的过程。苏莉没有忘记舅舅关于“随便”不能作为答案的教导，逐渐成长为可以清晰表达自己愿望的人。另外，通过与舅舅共处的时光，苏莉也学习到这样的事实：如果细心地栽培种子，那就会长出拥抱大世界的生命。苏莉试着将这个道理应用于自己的生活。苏莉之所以能够坚强地打理自己的生活，正是因为那段时间舅舅的教诲。为了重生为自由的个体，一直以来人们都认为必须摒弃“依赖性”，然而通过苏莉的方式，这种“依赖性”会成为改变自己生活的力量。

《写给姨妈》的主人公想起曾经照顾妈妈和自己的姨妈，通过回顾姨妈留给自己的痕迹，叙事人希珍逐渐理解了自己从姨妈那里得到的东西让自己的世界变得更广更深。希珍成为飞行员后，经常在想象中收集最美的天空给姨妈看，仿佛对此做出回应似的，姨妈对希珍说“回去吧，好好活给我看”。这个最后的场面似乎在说，当彼此依靠的时候，生活就会继续下去。姨妈的照顾相当于拯救了一个人并让其生活得以继续，而希珍接纳了姨妈带来的变化，从而可以坚定地走自己的路。

在照护劳动[1]评价贬值的社会背景之下，这些行为也容易让人联想到人的懦弱和脆弱等。现代体制认为，个体要想独立存在，就必须消除懦弱和脆弱等依赖他人的倾向，个体自由要通过自己能够独立的坚强毅力来争取。在《写给姨妈》中，希珍爸爸对待姨妈的态度总是带着淡淡的轻视；《消失的，永不消失的》中的基男从九岁开始就干起了厨娘的活儿，而家人们从不掩饰对她的轻蔑，这种情况发生于帮助别人的行为和回报照顾的行为都被看作不够独立的时候。这让我们想起了拯救很多人的照护劳动反而得不到应有待遇的现实。基男去生活在香港的女儿宥景家做客，看着在宥景家做帮佣的珍妮，自然回想起自己的厨娘时光。《消失的，永不消失的》清晰地展现了不分国家，继续向阶层转嫁，结构本身已经性别化的照护劳动的现场。看到珍妮周末不在家，基男好奇地问她去了哪儿，宥景冷漠地回答说“我怎么知道，应该有地方住吧”。这个情节让我想起在现实中香港随处可见的移居女性，因为周末无处可去，只能聚集在桥底打发时间。

但是，世界上并不存在没有别人的照顾也能活下去的人。人

1 广义上指人类孕育生命，维持生活，照顾幼儿、病人和残障人士，为老人养老送终的劳动。

类从出生到死亡都需要别人，同时也要充当别人需要的角色。照顾，既是让人认识到这点的活动，实际上也是让人活得像人的行为。从某种意义上说，《播种》《写给姨妈》《消失的，永不消失的》可以被解读为“照顾三部曲”，它们讲述的是，一个人照顾某个独自留下的人，最后和接受照顾的人相互依靠和相互支撑，摸索一起活下去的路，最终抵达了爱的终点。他们表明，即使没有在法律上受到原生家庭的束缚，也可以构建充满活力的共同体。相互依存的关系并不妨碍独立的生活，而且还能让每个人活得更加充实。没有人不应该享受这样的生活，崔恩荣的小说正是在这个意义上打开了思考照顾的大门，认为照顾既是相互依存者的共同责任，也是普遍性的人权。

我想继续走下去

我们不会感觉到崔恩荣笔下的人物特别渺小和软弱，相反，崔恩荣的小说善于机敏地捕捉我们每个人都有的渺小而软弱的一面。正因为变得渺小而软弱，我们才会受到相关联的他人的影响，从而鼓起勇气去改变自己。崔恩荣作品中的叙事人，几乎没有哪个人物到了结尾还没有改变。这些人物不是在重申自己作为弱者的地位，而是通过毫不迟疑的反省来找回自己的位置。崔恩荣写的是恢复的故事，所用方式就是在充满骚动的沉默中寻找每个存在所具有的声音的色彩。很多人都是怀着看不见的墨水写下的世间万事而生活的，崔恩荣向这些人吹送气息，难道不正是在记录他们不能抵达阅读者耳朵的话语吗？难道不也是和阅读小说的人们一起，用另外的墨水书写这个世界吗？

最后，我想谈谈《一年》和《即使以最微弱的光》。在这两篇小说中，前后辈女性人物通过彼此之间真诚的对话，成为了各自努力写出更好故事的人，她们不止步于给定的现实，而是走得更远。与其累赘地解释，不如一起读读两篇小说中难忘的场面。

首先来读《一年》中多希最后一次上班的日子，“她”开车送多希的路上两人对话的场面。

> 今天毕竟有可能是最后一天，我的车友。多希说。
>
> 是的。
>
> 前辈。
>
> 嗯。
>
> 我们真的很有共同语言。
>
> 她点了点头。
>
> 我知道前辈很爱惜我，我从来没有给过前辈什么。
>
> 多希你……她犹豫着选择该说的话。
>
> 我……自从喜欢你之后，渐渐地对别人也有了点儿喜欢。这不是微不足道的事。

如果人们不是各自念着独白，而是进行像模像样的对话，那会发生什么事？从对方身上发现迄今为止全然不知的面貌，也会了解到很多不可想象的事情。正如小说中的“她”想的那样，这可能是很可怕的事情。因为寄希望于对方的事情有可能越来越多。

“她”和多希也知道这点。即使知道，她们也还是决定继续对话。独自珍藏的光芒显露出来，不仅让彼此觉得耀眼，有时也会造成伤害。因为只有在她们互相分享的对话里才有“袒露自己真实面貌的真心”。也许正是这个缘故，第一节提到的“喜欢说话会变穷”才会脍炙人口。如果经常通过说话展现自己的样子，那就意味着从某个瞬间开始将无法再通过说话这样的方式来获得满足。但是通过在车里的最后一次对话，多希和“她”发现，根据对方的反应做出回答的人并不会觉得空虚，互相交出耳朵和嘴巴的时间也不会消失，而是留在各自的心里，转化为另一种力量。

接下来再读《即使以最微弱的光》中的场面：作为老师的“她”和熙媛分享龙山惨案发生当天各自做了什么。

> 她和我的对话过渡到那天早晨我们做了什么。我说因为前一天喝了酒，早晨一直躺着睡觉。她说自己在写小论文。我们很长时间都没再说什么。她转移话题，询问我可能知道的地方。我回答去过，或者还没去过。我猜她仍在回想那天的事。尽管她极力表现得明朗，声音却很低沉，明明在笑，看起来却又不像是笑。我看着她的脸，充分理解了发生这种事的时候，只是坐在书桌前写论文也足以让人心灵受伤……
>
> 地铁正在穿过汉江。黑色的天空和黑色的江水成为背景，车窗映出我们的面孔。高个子、大骨架的我，紧贴着矮我一头、相对瘦小的她。那么瘦小、那么纤弱的人，在那时的我看来却比任何人都要强大。我也想像她那样。我想成为

像她那样强大的人。我转头看她。看见她背着单肩包，凝视窗外的样子，我莫名地感到悲伤和思念。

作为互相阅读的人和各自写文章的人，她和熙媛激烈地追问“读 / 写什么和怎么读 / 写”，努力远离那种相信仅凭阅读和写作就能尽到自己责任的欺骗行为。2009 年，政府的过度镇压导致正在示威的国民失去了生命，也许这样的她们谈论龙山惨案是理所当然的事情。

她们没有对惨案做出判断，而是说那天事件发生的时候自己在做什么。她们意识到自己发出的声音里不能仅仅充满“自己”，自己的声音要存在，还要包含进这个世界上的其他人的声音。她好像要以含着“悲伤和思念的心”告诉熙媛，不背弃活在惨案发生时代的人们的责任，是阅读和写作者的分内之事。这颗心里包含着“早已离开世界的人们”的“脑海里描绘的世界”留下的“被光照亮的东西”。当熙媛追随内心的光芒，说出“我也是，只想继续走下去罢了”的时候，我想我们也就知道了，继续走下去的心，也可能延续为从那里开始用另外的墨水书写世界的决心。

作家的话

出版第二部小说集的事已经过去了五年之久，然而就像发生在前几天。

每次出版新书的时候，我都会用深情的目光注视曾经写稿子的日子。不能用做得好不好、成功还是失败来定义我过去的时光。我不会罗列自己认为已经失去的东西，也不会去复盘以我的力量无可奈何的瞬间。只是满怀思念渐渐放手——写稿子的时光、我走过的所有瞬间。我将这些文章汇集成书，借以告别逝去的五年时光。

因为这部小说集，以前在村子里写下的稿子让我看见了全世界的光。整理书稿的时候，我心怀感激地回忆起三十多岁在村子里写作的时光。幸亏那时有一颗想要拼命守护的心，我才得以活成现在的样子。

我是在各个方面都很缺乏的人，从很小的时候开始，我就经常感觉生活是不得不支付的罚单。即使假装不这样的时候，也是如此。现在我知道，那时的我应该感谢自己的缺乏，并且在接受之前不能轻易地跳过去。生活总是现在进行时，我只能亲自去解开谁也不能替我解决的难题，一步一步地继续前行。

我正视着我的缺乏，既不过分讨厌，也不过分怜悯，只是一天一天地生活着。悲伤时知道是悲伤，愤怒时知道是愤怒，爱了也知道是爱，同时继续注视着自己。现在，我好像正在做这样的事。

写着小说，被遗忘的记忆复活的时候，我会听见比现在的我更深沉的自己要传达的话语。写《播种》的时候，我想起了比现在的我还要年轻的爸爸在病房里渡过生死难关的情景。还有，因为到医院看护病人而受苦的年轻的妈妈，全力照顾我们兄妹的爷爷和奶奶。那时候爸爸大难不死，以及后来的时间给予我们的东西，这些都不是理所当然的。这个事实，我已经忘却了很久很久。

我要感谢那些我深爱着的人，感谢总是深刻解读我的文字并给予我帮助的文学村出版社的各位编辑。同时，我还要感谢真诚相助的权汝宣老师和郑熙镇老师，以及为我写下解说文章的评论家梁景彦老师。

虽然我对于爱的付出和接受都没有天赋，可是一直以来好像都能遇见我想爱的人。希望这七篇小说能载着我的心，抵达某个地方。无论什么时候，我好像都怀着这样的期待。

崔恩荣

2023 年夏

本书收录作品所发表的杂志

《即使以最微弱的光》……*Littor*，2019 年 2/3 月号

《回信》……《现代文学》，2021 年 6 月号

《一年》……《创作与批评》，2018 年冬季号

《播种》……《创作与批评》，2022 年秋季号

《写给姨妈》……《文学村》，2022 年冬季号

《分内之事》……《韩国文学》，2018 年下半年刊

《消失的，永不消失的》……《文学手册》，2023 年上半年刊